Papier - velin
fig. avant la Lettre

Ⓒ

LES AMOURS

DE PSYCHÉ

ET

# DE CUPIDON.

LES AMOURS

DE PSYCHÉ

ET DE CUPIDON,

SUIVIES D'ADONIS, POËME,

PAR JEAN DE LA FONTAINE.

ÉDITION ORNÉE DE GRAVURES
D'APRÈS LES DESSEINS DE GÉRARD, PEINTRE.

A PARIS,

IMPRIMÉ AU LOUVRE PAR P. DIDOT L'AÎNÉ.

AN V. M.DCC.XCVII.

À MADAME LA DUCHESSE

DE BOUILLON.

Madame,

C'est *avec quelque sorte de confiance que je vous
dédie cet ouvrage; non qu'il n'ait assurément des
défauts, et que le présent que je vous fais soit d'un
tel mérite qu'il ne me donne sujet de craindre; mais
comme* votre altesse *est équitable, elle agréera
du moins mon intention. Ce qui doit toucher les
grands, ce n'est pas le prix des dons qu'on leur fait;*

c'est le zele qui accompagne ces mémes dons, et qui, pour en mieux parler, fait leur véritable prix auprès d'une ame comme la vôtre. Mais, MADAME, *j'ai tort d'appeler présent ce qui n'est qu'une sim= ple reconnoissance. Il y a long-temps que monsei= gneur le duc de Bouillon me comble de graces, d'autant plus grandes que je les mérite moins. Je ne suis pas né pour le suivre dans les dangers: cet honneur est réservé à des destinées plus illustres que la mienne: ce que je puis, est de faire des vœux pour sa gloire, et d'y prendre part en mon cabinet pendant qu'il remplit les provinces les plus éloi= gnées des témoignages de sa valeur, et qu'il suit les traces de son oncle et de ses ancétres sur ce théátre où ils ont paru avec tant d'éclat, et qui re= tentira long-temps de leur nom et de leurs exploits. Je me figure l'héritier de tous ces héros cherchant les périls dans le même temps que je jouis d'une oisiveté que les seules Muses interrompent. Certes c'est un bonheur extraordinaire pour moi qu'un prince qui a tant de passion pour la guerre, telle=*

ment ennemi du repos et de la mollesse, me voie
d'un œil aussi favorable, et me donne autant de
marques de bienveillance que si j'avois exposé ma
vie pour son service. J'avoue, MADAME, *que je*
suis sensible à ces choses; heureux que SA MAJESTÉ
m'ait donné un maître qu'on ne sauroit trop aimer!
malheureux de lui être si inutile! J'ai cru que
VOTRE ALTESSE *seroit bien aise que je la fisse en=*
trer en société de louanges avec un époux qui lui
est si cher. L'union vous rend vos avantages com=
muns, et en multiplie la gloire pour ainsi dire.
Pendant que vous écoutez avec transport le récit
de ses belles actions, il n'a pas moins de ravisse=
ment d'entendre ce que toute la France publie de
la beauté de votre ame, de la vivacité de votre
esprit, de votre humeur bienfaisante, de l'ami=
tié que vous avez contractée avec les Graces;
elle est telle qu'on ne croit pas que vous puissiez
jamais vous séparer. Ce n'est là qu'une partie des
louanges que l'on vous donne. Je voudrois avoir
un amas de paroles assez précieuses pour achever

cet éloge, et pour vous témoigner plus parfaite=
ment que je n'ai fait jusqu'ici avec combien de
passion et de zele je suis,

MADAME,

DE VOTRE ALTESSE

Le très humble et très obéissant
serviteur,

DE LA FONTAINE.

PRÉFACE.

J'ai trouvé de plus grandes difficultés dans cet ouvrage qu'en aucun autre qui soit sorti de ma plume. Cela surprendra sans doute ceux qui le liront : on ne s'imaginera jamais qu'une fable contée en prose m'ait tant emporté de loisir ; car pour le principal point, qui est la conduite, j'avois mon guide, il m'étoit impossible de m'égarer ; Apulée me fournissoit la matiere. Il ne restoit que la forme, c'est-à-dire les paroles : et d'amener de la prose à quelque point de perfection, il ne semble pas que ce soit une chose fort mal-aisée ; c'est la langue naturelle de tous

les hommes. Avec cela je confesse
qu'elle me coûte autant que les vers.
Que si jamais elle m'a coûté, c'est dans
cet ouvrage. Je ne savois quel caractere choisir : celui de l'histoire est trop
simple; celui du roman n'est pas encore assez orné; et celui du poëme l'est
plus qu'il ne faut. Mes personnages
me demandoient quelque chose de galant; leurs aventures, étant pleines de
merveilleux en beaucoup d'endroits,
me demandoient quelque chose d'hé-
roïque et de relevé. D'employer l'un
en un endroit, et l'autre en un autre,
il n'est pas permis; l'uniformité de style
est la regle la plus étroite que nous
ayons. J'avois donc besoin d'un caractere nouveau, et qui fût mêlé de tous

ceux-là : il me le falloit réduire dans un juste tempérament : j'ai cherché ce tempérament avec un grand soin : que je l'aie ou non rencontré, c'est ce que le public m'apprendra.

Mon principal but est toujours de plaire : pour en venir là je considere le goût du siecle. Or après plusieurs expériences il m'a semblé que ce goût se porte au galant et à la plaisanterie : non que l'on méprise les passions ; bien loin de cela, quand on ne les trouve pas dans un roman, dans un poëme, dans une piece de théâtre, on se plaint de leur absence ; mais dans un conte comme celui-ci, qui est plein de merveilleux à la vérité, mais d'un merveilleux accompagné de badineries, et pro-

pre à amuser des enfants, il a fallu ba-
diner depuis le commencement jusqu'à
la fin; il a fallu chercher du galant et
de la plaisanterie. Quand il ne l'auroit
pas fallu, mon inclination m'y portoit;
et peut-être y suis-je tombé en beaucoup d'endroits contre la raison et la
bienséance.

Voilà assez raisonné sur le genre
d'écrire que j'ai choisi : venons aux in-
ventions. Presque toutes sont d'Apulée;
j'entends les principales et les meilleures. Il y a quelques épisodes de moi,
comme l'aventure de la grotte, le vieillard et les deux bergeres, le temple de
Vénus et son origine, la description
des enfers, et tout ce qui arrive à Psyché pendant le voyage qu'elle y fait,

et à son retour jusqu'à la conclusion
de l'ouvrage. La maniere de conter
est aussi de moi, et les circonstances,
et ce que disent les personnages. Enfin ce que j'ai pris de mon auteur est
la conduite et la fable; et c'est en effet le principal, le plus ingénieux,
et le meilleur de beaucoup. Avec cela
j'y ai changé quantité d'endroits, selon
la liberté ordinaire que je me donne.
Apulée fait servir Psyché par des voix
dans un lieu où rien ne doit manquer
à ses plaisirs, c'est-à-dire qu'il lui fait
goûter ces plaisirs sans que personne
paroisse. Premièrement cette solitude
est ennuyeuse, outre cela elle est effroyable. Où est l'aventurier et le brave
qui toucheroit à des viandes lesquelles

viendroient d'elles-mêmes se présenter?
Si un luth jouoit tout seul, il me feroit fuir, moi qui aime extrêmement
la musique. Je fais donc servir Psyché
par des Nymphes qui ont soin de l'habiller, qui l'entretiennent de choses
agréables, qui lui donnent des comédies et des divertissements de toutes
les sortes.

Il seroit long, et même inutile, d'examiner les endroits où j'ai quitté mon ori-
ginal, et pourquoi je l'ai quitté. Ce n'est
pas à force de raisonnements qu'on fait
entrer le plaisir dans l'ame de ceux qui
lisent: leur sentiment me justifiera, quelque téméraire que j'aie été, ou me rendra condamnable quelque raison qui
me justifie. Pour bien faire il faut con-

sidérer mon ouvrage sans relation à ce qu'a fait Apulée, et ce qu'a fait Apulée sans relation à mon livre, et là-dessus s'abandonner à son goût.

Au reste j'avoue qu'au lieu de rectifier l'oracle dont il se sert au commencement des aventures de Psyché, et qui fait en partie le nœud de la fable, j'en ai augmenté l'inconvénient, faute d'avoir rendu cet oracle ambigu et court, qui sont les deux qualités que les réponses des Dieux doivent avoir, et qu'il m'a été impossible de bien observer. Je me suis assez mal tiré de la derniere en disant que cet oracle contenoit aussi la glose des prêtres; car les prêtres n'entendent pas ce que le Dieu leur fait dire : toutefois il peut leur avoir inspi-

ré la paraphrase aussi bien qu'il leur
a inspiré le texte; et je me sauverai encore par-là. Mais sans que je cherche
ces petites subtilités, quiconque fera
réflexion sur la chose trouvera que ni
Apulée ni moi nous n'avons failli.

Je conviens qu'il faut tenir l'esprit
en suspens dans ces sortes de narra-
tions, comme dans les pieces de théâtre: on ne doit jamais découvrir la fin
des évènements; on doit bien les préparer, mais on ne doit pas les prévenir. Je conviens encore qu'il faut que
Psyché appréhende que son mari ne
soit un monstre. Tout cela est apparemment contraire à l'oracle dont il
s'agit, et ne l'est pas en effet: car premièrement la suspension des esprits

et l'artifice de cette fable ne consistent
pas à empêcher que le lecteur ne s'ap-
perçoive de la véritable qualité du mari qu'on donne à Psyché; il suffit que
Psyché ignore qui est celui qu'elle a
épousé, et que l'on soit en attente de
savoir si elle verra cet époux, par quels
moyens elle le verra, et quelles seront
les agitations de son ame après qu'elle
l'aura vu. En un mot le plaisir que doit
donner cette fable à ceux qui la lisent,
ce n'est pas leur incertitude à l'égard
de la qualité de ce mari, c'est l'incertitude de Psyché seule : il ne faut pas que
l'on croie un seul moment qu'une si
aimable personne ait été livrée à la passion d'un monstre, ni même qu'elle s'en
tienne assurée; ce seroit un trop grand

sujet d'indignation au lecteur. Cette
Belle doit trouver de la douceur dans
la conversation et dans les caresses de
son mari, et de fois à autres appréhender que ce ne soit un démon ou un enchanteur : mais le moins de temps que
cette pensée lui peut durer, jusqu'à ce
qu'il soit besoin de préparer la catastro-
phe, c'est assurément le plus à propos.
Qu'on ne dise point que l'oracle l'empêche bien de l'avoir. Je confesse que
cet oracle est très clair pour nous; mais
il pouvoit ne l'être pas pour Psyché : elle
vivoit dans un siecle si innocent, que les
gens d'alors pouvoient ne pas connoître
l'amour sous toutes les formes que l'on
lui donne. C'est à quoi on doit prendre
garde; et par ce moyen il n'y aura plus

d'objection à me faire pour ce point-là.

Assez d'autres fautes me seront re-
prochées sans doute; j'en demeurerai
d'accord, et ne prétends pas que mon
ouvrage soit accompli: j'ai tâché seulement de faire en sorte qu'il plût, et que
même on y trouvât du solide aussi bien
que de l'agréable.

C'est pour cela que j'y ai enchâssé des
vers en beaucoup d'endroits, et quelques autres enrichissements, comme le
voyage des quatre amis, leur dialogue
touchant la compassion et le rire, la description des enfers, celle d'une partie
de Versailles. Cette derniere n'est pas
tout-à-fait conforme à l'état présent des
lieux; je les ai décrits en celui où dans
deux ans on les pourra voir. Il se peut

faire que mon ouvrage ne vivra pas si
long-temps; mais quelque peu d'assurance qu'ait un auteur qu'il entretiendra
un jour la postérité, il doit toujours se
la proposer autant qu'il lui est possible,
et essayer de faire les choses pour son
usage.

~~~~~~

LES AMOURS

DE PSYCHÉ

ET

DE CUPIDON.

~~~~~~

LIVRE PREMIER.

Quatre amis, dont la connoissance avoit com=
mencé par le Parnasse, lierent une espece de
société, que j'appellerois académie si leur nom=
bre eût été plus grand, et qu'ils eussent autant
regardé les muses que le plaisir. La premiere
chose qu'ils firent, ce fut de bannir d'entre eux
les conversations réglées, et tout ce qui sent sa
conférence académique. Quand ils se trouvoient
ensemble, et qu'ils avoient bien parlé de leurs
divertissements, si le hasard les faisoit tom=

ber sur quelque point de science ou de belles=
lettres, ils profitoient de l'occasion. C'étoit toute=
fois sans s'arrêter trop long-temps à une même
matiere, voltigeant de propos en autres, comme
des abeilles qui rencontreroient en leur chemin
diverses sortes de fleurs.

L'envie, la malignité ni la cabale, n'avoient de
voix parmi eux. Ils adoroient les ouvrages des
anciens, ne refusoient point à ceux des moder=
nes les louanges qui leur sont dues, parloient
des leurs avec modestie, et se donnoient des
avis sinceres lorsque quelqu'un d'eux tomboit
dans la maladie du siecle, et faisoit un livre, ce
qui arrivoit rarement.

Polyphile y étoit le plus sujet (c'est le nom que
je donnerai à l'un de ces quatre amis). Les aven=
tures de Psyché lui avoient semblé fort propres
pour être contées agréablement. Il y travailla
long-temps sans en parler à personne. Enfin il
communiqua son dessein à ses trois amis; non
pas pour leur demander s'il continueroit, mais

comment ils trouvoient à propos qu'il continuât.
L'un lui donna un avis, l'autre un autre : de
tout cela il ne prit que ce qu'il lui plut. Quand
l'ouvrage fut achevé, il demanda jour et rendez=
vous pour le lire.

Acante ne manqua pas, selon sa coutume, de
proposer une promenade en quelque lieu hors
la ville, qui fût éloigné, et où peu de gens en=
trassent : on ne les viendroit point interrompre ;
ils écouteroient cette lecture avec moins de bruit
et plus de plaisir. Il aimoit extrêmement les jar=
dins, les fleurs, les ombrages. Polyphile lui res=
sembloit en cela : mais on peut dire que celui=
ci aimoit toutes choses. Ces passions, qui leur
remplissoient le cœur d'une certaine tendresse,
se répandoient jusqu'en leurs écrits, et en for=
moient le principal caractere. Ils penchoient
tous deux vers le lyrique ; avec cette différence
qu'Acante avoit quelque chose de plus touchant,
Polyphile de plus fleuri.

Des deux autres amis, que j'appellerai Ariste

et Gélaste, le premier étoit sérieux sans être in=
commode; l'autre étoit fort gai.

La proposition d'Acante fut approuvée. Ariste
dit qu'il y avoit de nouveaux embellissements
à Versailles : il falloit les aller voir, et partir
matin, afin d'avoir le loisir de se promener
après qu'ils auroient entendu les aventures de
Psyché. La partie fut incontinent conclue : dès
le lendemain ils l'exécuterent. Les jours étoient
encore assez longs, et la saison belle; c'étoit
pendant le dernier automne.

Nos quatre amis étant arrivés à Versailles de
fort bonne heure, voulurent voir avant le dî=
ner la ménagerie : c'est un lieu rempli de plu=
sieurs sortes de volatiles et de quadrupedes, la
plupart très rares et de pays éloignés. Ils admi=
rerent en combien d'especes une seule espece
d'oiseaux se multiplioit, et louerent l'artifice et
les diverses imaginations de la nature, qui se
joue dans les animaux comme elle fait dans les
fleurs. Ce qui leur plut davantage, ce furent les

demoiselles de Numidie, et certains oiseaux pê=
cheurs qui ont un bec extrêmement long, avec
une peau au-dessous qui leur sert de poche.
Leur plumage est blanc, mais d'un blanc plus
clair que celui des cygnes : même de près il pa=
roît carné, et tire sur le couleur de rose vers la
racine. On ne peut rien voir de plus beau. Ce
sont espece de cormorans.

Comme nos gens avoient encore du loisir, ils
firent un tour à l'orangerie. La beauté et le nom=
bre des orangers et des autres plantes qu'on y
conserve ne se sauroit exprimer. Il y a tel de ces
arbres qui a résisté aux attaques de cent hivers.

Acante ne voyant personne autour de lui que
ses trois amis (celui qui les conduisoit étoit éloi=
gné), Acante, dis-je, ne se put tenir de réciter
certains couplets de poésie, que les autres se
souvinrent d'avoir vus dars un ouvrage de sa fa=
çon.

Sommes-nous, dit-il, en Provence?
Quel amas d'arbres toujours verds

PSYCHÉ,

Triomphe ici de l'inclémence
Des aquilons et des hivers !

Jasmins dont un air doux s'exhale,
Fleurs que les vents n'ont pu ternir,
Aminte en blancheur vous égale ;
Et vous m'en faites souvenir.

Orangers, arbres que j'adore,
Que vos parfums me semblent doux !
Est-il dans l'empire de Flore
Rien d'agréable comme vous ?

Vos fruits aux écorces solides
Sont un véritable trésor ;
Et le jardin des Hespérides
N'avoit point d'autres pommes d'or.

Lorsque votre automne s'avance
On voit encor votre printemps :
L'espoir avec la jouissance
Logent chez vous en même temps.

Vos fleurs ont embaumé tout l'air que je respire.
Toujours un aimable zéphyre

Autour de vous se va jouant.
Vous êtes nains : mais tel arbre géant,
Qui déclare au soleil la guerre,
Ne vous vaut pas,
Bien qu'il couvre un arpent de terre
Avec ses bras.

La nécessité de manger fit sortir nos gens de ce lieu si délicieux. Tout leur dîner se passa à s'entretenir des choses qu'ils avoient vues, et à parler du monarque pour qui on a assemblé tant de beaux objets. Après avoir loué ses princi= pales vertus, les lumieres de son esprit, ses qua= lités héroïques, la science de commander; après, dis-je, l'avoir loué fort long-temps, ils revinrent à leur premier entretien, et dirent que Jupiter seul peut continuellement s'appliquer à la con= duite de l'univers. Les hommes ont besoin de quelque relâche : Alexandre faisoit la débauche; Auguste jouoit; Scipion et Lælius s'amusoient souvent à jeter des pierres plates sur l'eau; notre monarque se divertit à faire bâtir des palais, cela

est digne d'un roi. Il y a même une utilité géné=
rale ; car par ce moyen les sujets peuvent pren=
dre part aux plaisirs du prince, et voir avec ad=
miration ce qui n'est pas fait pour eux. Tant de
beaux jardins et de somptueux édifices sont la
gloire de leur pays. Et que ne disent point les
étrangers! que ne dira point la postérité quand
elle verra ces chefs-d'œuvre de tous les arts!

Les réflexions de nos quatre amis finirent avec
leur repas. Ils retournerent au château, virent
les dedans, que je ne décrirai point, ce seroit
une œuvre infinie. Entre autres beautés ils s'ar=
rêterent long-temps à considérer le lit, la tapis=
serie et les sieges dont on a meublé la chambre
et le cabinet du roi. C'est un tissu de la Chine
plein de figures qui contiennent toute la religion
de ce pays-là. Faute de brachmane, nos quatre
amis n'y comprirent rien.

Du château ils passerent dans les jardins, et
prierent celui qui les conduisoit de les laisser
dans la grotte jusqu'à ce que la chaleur fût adou=

cie : ils avoient fait apporter des sieges ; leur
billet venoit de si bonne part qu'on leur accorda
ce qu'ils demandoient ; même afin de rendre le
lieu plus frais, on en fit jouer les eaux. La face
de cette grotte est composée en dehors de trois
arcades qui font autant de portes grillées. Au
milieu d'une des arcades est un soleil, de qui
les rayons servent de barreaux aux portes. Il ne
s'est jamais rien inventé de si à propos ni de si
plein d'art. Au-dessus sont trois bas-reliefs.

Dans l'un, le dieu du jour acheve sa carriere.
Le sculpteur a marqué ces longs traits de lumiere,
Ces rayons dont l'éclat dans les airs s'épanchant
Peint d'un si riche émail les portes du couchant.
On voit aux deux côtés le peuple d'Amathonte
Préparer le chemin sur des dauphins qu'il monte.
Chaque Amour à l'envi semble se réjouir
De l'approche du dieu dont Thétis va jouir.
Des troupes de zéphyrs dans les airs se promenent ;
Les Tritons empressés sur les flots vont et viennent.
Le dedans de la grotte est tel que les regards
Incertains de leur choix courent de toutes parts.

Tant d'ornements divers, tous capables de plaire,
Font accorder le prix tantôt au statuaire,
Et tantôt à celui dont l'art industrieux
Des trésors d'Amphitrite a revêtu ces lieux.
La voûte et le pavé sont d'un rare assemblage;
Ces cailloux que la mer pousse sur son rivage,
Ou qu'enferme en son sein le terrestre élément,
Différents en couleur font maint compartiment.
Au haut de six piliers d'une égale structure,
Six masques de rocaille, à grotesque figure,
Songes de l'art, démons bizarrement forgés,
Au-dessus d'une niche en face sont rangés.
De mille raretés la niche est toute pleine.
Un Triton d'un côté, de l'autre une Sirene,
Ont chacun une conque en leurs mains de rocher.
Leur souffle pousse un jet qui va loin s'épancher.
Au haut de chaque niche un bassin répand l'onde :
Le masque la vomit de sa gorge profonde.
Elle retombe en nappe, et compose un tissu
Qu'un autre bassin rend sitôt qu'il l'a reçu.
Le bruit, l'éclat de l'eau, sa blancheur transparente,
D'un voile de crystal alors peu différente,
Font goûter un plaisir de cent plaisirs mêlé.
Quand l'eau cesse, et qu'on voit son crystal écoulé,
La nacre et le corail en réparent l'absence :

Morceaux pétrifiés, coquillage, croissance,
Caprices infinis du hasard et des eaux,
Reparoissent aux yeux plus brillants et plus beaux.
Dans le fond de la grotte une arcade est remplie
De marbres à qui l'art a donné de la vie.
Le dieu de ces rochers, sur une urne penché,
Goûte un morne repos, en son antre couché.
L'urne verse un torrent; tout l'antre s'en abreuve.
L'eau retombe en glacis, et fait un large fleuve.

    J'ai pu jusqu'à présent exprimer quelques traits
De ceux que l'on admire en ce moite palais;
Le reste est au-dessus de mon foible génie.
Toi qui lui peux donner une force infinie,
Dieu des vers et du jour, Phebus, inspire-moi:
Aussi bien désormais faut-il parler de toi.
Quand le Soleil est las, et qu'il a fait sa tâche,
Il descend chez Thétis, et prend quelque relâche.
C'est ainsi que Louis s'en va se délasser
D'un soin que tous les jours il faut recommencer.
Si j'étois plus savant en l'art de bien écrire,
Je peindrois ce monarque étendant son empire:
Il lanceroit la foudre; on verroit à ses pieds
Des peuples abattus, d'autres humiliés.
Je laisse ces sujets aux maîtres du Parnasse:
Et pendant que Louis, peint en dieu de la Thrace,

Fera bruire en leurs vers tout le sacré vallon,
Je le célébrerai sous le nom d'Apollon.

   Ce dieu, se reposant sous ces voûtes humides,
Est assis au milieu d'un chœur de Néréides.
Toutes sont des Vénus de qui l'air gracieux
N'entre point dans son cœur, et s'arrête à ses yeux.
Il n'aime que Thétis, et Thétis les surpasse.
Chacune en le servant fait office de Grace.
Doris verse de l'eau sur la main qu'il lui tend.
Chloé dans un bassin reçoit l'eau qu'il répand.
À lui laver les pieds Mélicerte s'applique.
Delphire entre ses bras tient un vase à l'antique.
Climene auprès du dieu pousse en vain des soupirs :
Hélas ! c'est un tribut qu'elle envoie aux zéphyrs.
Elle rougit par fois, par fois baisse la vue ;
Rougit, autant que peut rougir une statue :
Ce sont des mouvements qu'au défaut du sculpteur
Je veux faire passer dans l'esprit du lecteur.
Parmi tant de Beautés, Apollon est sans flamme.
Celle qu'il s'en va voir seule occupe son ame.
Il songe au doux moment où libre et sans témoins
Il reverra l'objet qui dissipe ses soins.
Oh ! qui pourroit décrire en langue du Parnasse
La majesté du dieu, son port si plein de grace,
Cet air que l'on n'a point chez nous autres mortels,

Et pour qui l'âge d'or inventa les autels !
Les coursiers de Phébus, aux flambantes narines,
Respirent l'ambrosie en des grottes voisines;
Les Tritons en ont soin : l'ouvrage est si parfait
Qu'ils semblent panteler du chemin qu'ils ont fait.
Aux deux bouts de la grotte et dans deux enfonçures
Le sculpteur a placé deux charmantes figures.
L'une est le jeune Acis, aussi beau que le jour :
Les accords de sa flûte inspirent de l'amour.
Debout contre le roc, une jambe croisée,
Il semble par ses sons attirer Galatée;
Par ses sons, et peut-être aussi par sa beauté.
Le long de ces lambris un doux charme est porté.
Les oiseaux, envieux d'une telle harmonie,
Épuisent ce qu'ils ont et d'art et de génie.
Philomele à son tour veut s'entendre louer,
Et chante par ressorts que l'onde fait jouer.
Écho même répond, Écho toujours hôtesse
D'une voûte ou d'un roc témoin de sa tristesse.
L'onde tient sa partie. Il se forme un concert
Où Philomele, l'eau, la flûte, enfin tout sert.
Deux lustres de rocher de ces voûtes descendent.
En liquide crystal leurs branches se répandent :
L'onde sert de flambeaux; usage tout nouveau.
L'art en mille façons a su prodiguer l'eau.

D'une table de jaspe un jet part en fusée ;
Puis en perles retombe, en vapeur, en rosée.
L'effort impétueux dont il va s'élançant
Fait frapper le lambris au crystal jaillissant :
Telle et moins violente est la balle enflammée.
L'onde malgré son poids dans le plomb renfermée
Sort avec un fracas qui marque son dépit,
Et plaît aux écoutants plus il les étourdit.
Mille jets, dont la pluie à l'entour se partage,
Mouillent également l'imprudent et le sage.
Craindre ou ne craindre pas à chacun est égal :
Chacun se trouve en butte au liquide crystal.
Plus les jets sont confus, plus leur beauté se montre.
L'eau se croise, se joint, s'écarte, se rencontre,
Se rompt, se précipite à travers les rochers,
Et fait comme alambics distiller leurs planchers.
Niches, enfoncements, rien ne sert de refuge.
Ma muse est impuissante à peindre ce déluge :
Quand d'une voix de fer je frapperois les cieux,
Je ne pourrois nombrer les charmes de ces lieux.

Les quatre amis ne voulurent point être
mouillés. Ils prierent celui qui leur faisoit
voir la grotte de réserver ce plaisir pour le
bourgeois ou pour l'Allemand, et de les pla=

cer en quelque coin où ils fussent à couvert
de l'eau. Ils furent traités comme ils souhai=
toient.

Quand leur conducteur les eut quittés, ils
s'assirent à l'entour de Polyphile, qui prit son
cahier; et ayant toussé pour se nettoyer la voix,
il commença par ces vers :

Le dieu qu'on nomme Amour n'est pas exempt d'aimer;
   À son flambeau quelquefois il se brûle :
Et si ses traits ont eu la force d'entamer
      Les cœurs de Pluton et d'Hercule,
      Il n'est pas inconvénient
   Qu'étant aveugle, étourdi, téméraire,
      Il se blesse en les maniant;
   Je n'y vois rien qui ne se puisse faire :
   Témoin Psyché, dont je vous veux conter
La gloire et les malheurs chantés par Apulée.
   Cela vaut bien la peine d'écouter;
      L'aventure en est signalée.

Polyphile toussa encore une fois après cet
exorde : puis, chacun s'étant préparé de nou=

veau pour lui donner plus d'attention, il com=
mença ainsi son histoire :

LORSQUE les villes de la Grece étoient encore
soumises à des rois, il y en eut un qui, régnant
avec beaucoup de bonheur, se vit non seule=
ment aimé de son peuple, mais aussi recherché
de tous ses voisins. C'étoit à qui gagneroit son
amitié; c'étoit à qui vivroit avec lui dans une par=
faite correspondance; et cela, parcequ'il avoit
trois filles à marier.

Toutes trois étoient plus considérables par
leurs attraits que par les états de leur pere.
Les deux aînées eussent pu passer pour les plus
belles filles du monde si elles n'eussent point
eu de cadette : mais véritablement cette cadette
leur nuisoit fort. Elles n'avoient que ce défaut=
là : défaut qui étoit grand, à n'en point mentir;
car Psyché, c'est ainsi que leur jeune sœur s'ap=
peloit, Psyché, dis-je, possédoit tous les appas
que l'imagination peut se figurer, et ceux où

l'imagination même ne peut atteindre. Je ne m'amuserai point à chercher des comparaisons jusque dans les astres pour vous la représenter assez dignement : c'étoit quelque chose au−des= sus de tout cela, et qui ne se sauroit exprimer par les lis, les roses, l'ivoire ni le corail. Elle étoit telle enfin que le meilleur poëte auroit de la peine à en faire une pareille.

En cet état il ne se faut pas étonner si la reine de Cythere en devint jalouse. Cette déesse ap= préhendoit, et non sans raison, qu'il ne lui fallût renoncer à l'empire de la beauté, et que Psyché ne la détrônât : car, comme on est tou= jours amoureux de choses nouvelles, chacun couroit à cette nouvelle Vénus. Cythérée se voyoit réduite aux seules îles de son domaine : encore une bonne partie des Amours, anciens habitants de ces îles bienheureuses, la quit= toient-ils pour se mettre au service de sa rivale. L'herbe croissoit dans ses temples, qu'elle avoit vus naguere si fréquentés : plus d'offrandes,

plus de dévots, plus de pélerinages pour l'ho=
norer. Enfin la chose passa si avant qu'elle en
fit ses plaintes à son fils, et lui représenta que
le désordre iroit jusqu'à lui.

Mon fils, dit–elle en lui baisant les yeux,
La fille d'un mortel en veut à ma puissance;
   Elle a juré de me chasser des lieux
      Où l'on me rend obéissance :
      Et qui sait si son insolence
N'ira pas jusqu'au point de me vouloir ôter
Le rang que dans les cieux je pense mériter?

   Paphos n'est plus qu'un séjour importun :
Des Graces et des Ris la troupe m'abandonne :
   Tous les Amours, sans en excepter un,
      S'en vont servir cette personne.
      Si Psyché veut notre couronne,
Il faut la lui donner; elle seule aussi bien
Fait en Grece à présent votre office et le mien.

   L'un de ces jours je lui vois pour époux
Le plus beau, le mieux fait de tout l'humain lignage,
   Sans le tenir de vos traits ni de vous,
      Sans vous en rendre aucun hommage.

Il naîtra de leur mariage
Un autre Cupidon, qui d'un de ses regards
Fera plus mille fois que vous avec vos dards.

Prenez-y garde ; il vous y faut songer :
Rendez-la malheureuse ; et que cette cadette
   Malgré les siens épouse un étranger
      Qui ne sache où trouver retraite,
      Qui soit laid et qui la maltraite,
La fasse consumer en regrets superflus,
Tant que ni vous ni moi nous ne la craignions plus.

Ces extrémités où s'emporta la déesse mar=
quent merveilleusement bien le naturel et l'es=
prit des femmes ; rarement se pardonnent-elles
l'avantage de la beauté : et je dirai en passant
que l'offense la plus irrémissible parmi ce sexe,
c'est quand l'une d'elles en défait une autre en
pleine assemblée ; cela se venge ordinairement
comme les assassinats et les trahisons.

Pour revenir à Vénus, son fils lui promit
qu'il la vengeroit. Sur cette assurance elle s'en
alla à Cythere en équipage de triomphante. Au

lieu de passer par les airs, et de se servir de son
char et de ses pigeons, elle entra dans une con=
que de nacre attelée de deux dauphins. La cour
de Neptune l'accompagna. Ceci est proprement
matiere de poésie : il ne siéroit guere bien à la
prose de décrire une cavalcade de dieux marins :
d'ailleurs je ne pense pas qu'on pût exprimer
avec le langage ordinaire ce que la déesse parut
alors.

C'est pourquoi nous dirons en langage rimé
Que l'empire flottant en demeura charmé.
Cent Tritons la suivant jusqu'au port de Cythere
Par leurs divers emplois s'efforcent de lui plaire.
L'un nage à l'entour d'elle ; et l'autre au fond des eaux
Lui cherche du corail et des trésors nouveaux :
L'un lui tient un miroir fait de crystal de roche ;
Aux rayons du soleil l'autre en défend l'approche.
Palémon qui la guide évite les rochers :
Glauque de son cornet fait retentir les mers :
Thétis lui fait ouïr un concert de Sirenes :
Tous les Vents attentifs retiennent leurs haleines :
Le seul Zéphyre est libre, et d'un souffle amoureux
Il caresse Vénus, se joue à ses cheveux ;

Contre ses vêtements par fois il se courrouce.
L'onde pour la toucher à longs flots s'entrepousse;
Et d'une égale ardeur chaque flot à son tour
S'en vient baiser les pieds de la mere d'Amour.

Cela devoit être beau, dit Gélaste; mais j'ai=
merois mieux avoir vu votre déesse au milieu
d'un bois, habillée comme elle étoit quand elle
plaida sa cause devant un berger. Chacun sou=
rit de ce qu'avoit dit Gélaste; puis Polyphile con=
tinua en ces termes :

À peine Vénus eut fait un mois de séjour à
Cythere, qu'elle sut que les sœurs de son en=
nemie étoient mariées; que leurs maris, qui
étoient deux rois leurs voisins, les traitoient avec
beaucoup de douceur et de témoignages d'affec=
tion; enfin qu'elles avoient sujet de se croire
heureuses. Quant à leur cadette, il ne lui étoit
resté pas un seul amant, elle qui en avoit eu une
telle foule que l'on en savoit à peine le nombre.
Ils s'étoient retirés comme par miracle; soit que
ce fût le vouloir des dieux, soit par une ven=

geance particuliere de Cupidon. On avoit encore
de la vénération, du respect, de l'admiration
pour elle, si vous voulez; mais on n'avoit plus
de ce qu'on appelle amour : cependant c'est la
véritable pierre de touche à quoi l'on juge ordi=
nairement des charmes de ce beau sexe.

Cette solitude de soupirants près d'une per=
sonne du mérite de Psyché fut regardée comme
un prodige, et fit craindre aux peuples de la
Grece qu'il ne leur arrivât quelque chose de fort
sinistre. En effet il y avoit de quoi s'étonner : de
tout temps l'empire de Cupidon aussi bien que
celui des flots a été sujet à des changements;
mais jamais il n'en étoit arrivé de semblable, au
moins n'y en avoit-il point d'exemples dans ces
pays. Si Psyché n'eût été que belle, on ne l'eût
pas trouvé si étrange; mais, comme j'ai dit, outre
la beauté qu'elle possédoit en un souverain de=
gré de perfection, il ne lui manquoit aucune des
graces nécessaires pour se faire aimer : on lui
voyoit un million d'amours, et pas un amant.

Après que chacun eut bien raisonné sur ce
miracle, Vénus déclara qu'elle en étoit cause;
qu'elle s'étoit ainsi vengée par le moyen de son
fils; que les parents de Psyché n'avoient qu'à
se préparer à d'autres malheurs, parceque son
indignation dureroit autant que la vie, ou du
moins autant que la beauté de leur fille; qu'ils
auroient beau s'humilier devant ses autels, et
que les sacrifices qu'ils lui feroient seroient inu=
tiles, à moins que de lui sacrifier Psyché même.

C'est ce qu'on n'étoit pas résolu de faire : loin
de cela, quelques personnes dirent à la belle que
la jalousie de Vénus lui étoit un témoignage bien
glorieux, et que ce n'étoit pas être trop malheu=
reuse que de donner de l'envie à une déesse, et
à une déesse telle que celle-là.

Psyché eût voulu que ces fleurettes lui eussent
été dites par un amant. Bien que sa fierté l'em=
pêchât de témoigner aucun déplaisir, elle ne
laissoit pas de verser des pleurs en secret. Qu'ai=
je fait au fils de Vénus? disoit-elle souvent en

soi-même; et que lui ont fait mes sœurs, qui sont si contentes? Elles ont eu des amants de reste; moi qui croyois être la plus aimable, je n'en ai plus. De quoi me sert ma beauté? Les dieux en me la donnant ne m'ont pas fait un si grand pré= sent que l'on s'imagine : je leur en rends la meil= leure part; qu'ils me laissent au moins un amant: il n'y a fille si misérable qui n'en ait un : la seule Psyché ne sauroit rendre personne heureux; les cœurs que le hasard lui a donnés, son peu de mérite les lui fait perdre. Comment me puis-je montrer après cet affront? Va, Psyché, va te ca= cher au fond de quelque désert; les dieux ne t'ont pas faite pour être vue, puisqu'ils ne t'ont pas faite pour être aimée.

Tandis qu'elle se plaignoit ainsi, ses parents ne s'affligeoient pas moins de leur part; et ne pouvant se résoudre à la laisser sans mari, ils furent contraints de recourir à l'oracle. Voici la réponse qui leur fut faite, avec la glose que les prêtres y ajouterent.

L'époux que les Destins gardent à votre fille,
Est un monstre cruel qui déchire les cœurs,
Qui trouble maint état, détruit mainte famille,
Se nourrit de soupirs, se baigne dans les pleurs.

À l'univers entier il déclare la guerre,
Courant de bout en bout un flambeau dans la main :
On le craint dans les cieux, on le craint sur la terre,
Le Styx n'a pu borner son pouvoir souverain.

C'est un empoisonneur, c'est un incendiaire,
Un tyran qui de fers charge jeunes et vieux.
Qu'on lui livre Psyché : qu'elle tâche à lui plaire :
Tel est l'arrêt du Sort, de l'Amour, et des Dieux.

Menez-la sur un roc, au haut d'une montagne,
En des lieux où l'attend le monstre son époux.
Qu'une pompe funebre en ces lieux l'accompagne,
Car elle doit mourir pour ses sœurs et pour vous.

Je laisse à juger l'étonnement et l'affliction que
cette réponse causa. Livrer Psyché aux desirs
d'un monstre! y avoit-il de la justice à cela? Aussi
les parents de la Belle douterent long-temps s'ils

d

obéiroient. D'ailleurs le lieu où il la falloit con=
duire n'avoit point été spécifié par l'oracle. De
quel mont les dieux vouloient-ils parler? Étoit-il
voisin de la Grece ou de la Scythie? Étoit-il situé
sous l'Ourse ou dans les climats brûlants de l'A=
frique? car on dit que dans cette terre il y a de
toutes sortes de monstres. Le moyen de se ré=
soudre à laisser une beauté délicate sur un ro=
cher, entre des montagnes et des précipices, à la
merci de tout ce qu'il y a de plus épouvantable
dans la nature? Enfin comment rencontrer cet
endroit fatal?

C'est ainsi que les bonnes gens cherchoient
des raisons pour garder leur fille : mais elle=
même leur représenta la nécessité de suivre l'o=
racle.

Je dois mourir, dit–elle à son pere; et il n'est
pas juste qu'une simple mortelle comme je suis
entre en parallele avec la mere de Cupidon. Que
gagneriez-vous à lui résister? Votre désobéissance
nous attireroit une peine encore plus grande.

Quelle que puisse être mon aventure, j'aurai lieu
de me consoler quand je ne vous serai plus un
sujet de larmes. Défaites-vous de cette Psyché
sans qui votre vieillesse seroit heureuse : souffrez
que le ciel punisse une ingrate pour qui vous
n'avez eu que trop de tendresse, et qui vous ré=
compense si mal des inquiétudes et des soins que
son enfance vous a donnés.

Tandis que Psyché parloit à son pere de cette
sorte, le vieillard la regardoit en pleurant, et ne
lui répondoit que par des soupirs. Mais ce n'é=
toit rien en comparaison du désespoir où étoit
la mere. Quelquefois elle couroit par les temples
tout échevelée : d'autres fois elle s'emportoit en
blasphêmes contre Vénus ; puis, tenant sa fille
embrassée, protestoit de mourir plutôt que de
souffrir qu'on la lui ôtât pour l'abandonner à un
monstre. Il fallut pourtant obéir.

En ce temps-là les oracles étoient maîtres de
toutes choses ; on couroit au devant de son mal=
heur propre, de crainte qu'ils ne fussent trouvés

menteurs : tant la superstition avoit de pouvoir
sur les premiers hommes ! La difficulté n'étoit
donc plus que de savoir sur quelle montagne il
falloit conduire Psyché.

L'infortunée fille éclaircit encore ce doute.
Qu'on me mette, dit-elle, sur un chariot sans co=
cher ni guide, et qu'on laisse aller les chevaux à
leur fantaisie ; le sort les guidera infailliblement
au lieu ordonné.

Je ne veux pas dire que cette Belle, trouvant
à tout des expédients, fût de l'humeur de beau=
coup de filles, qui aiment mieux avoir un mé=
chant mari que de n'en point avoir du tout. Il y a
de l'apparence que le désespoir plutôt qu'autre
chose lui faisoit chercher ces facilités.

Quoi que ce soit, on se résout à partir. On fait
dresser un appareil de pompe funebre pour sa=
tisfaire à chaque point de l'oracle. On part enfin ;
et Psyché se met en chemin sous la conduite de
ses parents. La voilà sur un char d'ébene, une
urne auprès d'elle, la tête penchée sur sa mere ;

son pere marchant à côté du char, et faisant au=
tant de soupirs qu'il faisoit de pas ; force gens à
la suite vêtus de deuil ; force ministres de funé=
railles ; force sacrificateurs portant de longs vases
et de longs cornets dont ils entonnoient des sons
fort lugubres. Les peuples voisins, étonnés de
la nouveauté d'un tel appareil, ne savoient que
conjecturer. Ceux chez qui le convoi passoit l'ac=
compagnoient par honneur jusqu'aux limites de
leur territoire, chantant des hymnes à la louange
de Psyché leur jeune déesse, et jonchant de roses
tout le chemin, bien que les maîtres de cérémo=
nies leur criassent que c'étoit offenser Vénus :
mais quoi ! les bonnes gens ne pouvoient retenir
leur zele.

Après une traite de plusieurs jours, lorsque
l'on commençoit à douter de la vérité de l'oracle,
on fut étonné qu'en côtoyant une montagne fort
élevée, les chevaux, bien qu'ils fussent frais et
nouveaux repus, s'arrêterent court, et quoi qu'on
pût faire, ils ne voulurent point passer outre. Ce

fut là que se renouvelerent les cris ; car on jugea
bien que c'étoit le mont qu'entendoit l'oracle.

Psyché descendit du char, et s'étant mise entre
l'un et l'autre de ses parents, suivie de la troupe,
elle passa dans un bois assez agréable , mais qui
n'étoit pas de longue étendue. À peine eurent=
ils fait quelque mille pas, toujours en montant,
qu'ils se trouverent entre des rochers habités par
des dragons de toutes especes. À ces hôtes près,
le lieu se pouvoit bien dire une solitude, et la plus
effroyable qu'on pût trouver. Pas un seul arbre,
pas un brin d'herbe, point d'autre couvert que
ces rocs, dont quelques uns avoient des pointes
qui avançoient en forme de voûte, et qui, ne te=
nant presque à rien, faisoient appréhender à nos
voyageurs qu'elles ne tombassent sur eux : d'au=
tres se trouvoient creusés en beaucoup d'endroits
par la chûte des torrents ; ceux-ci servoient de
retraite aux hydres, animal fort familier en cette
contrée.

Chacun demeura si surpris d'horreur, que,

sans la nécessité d'obéir au Sort, on s'en fût re=
tourné tout court. Il fallut donc gagner le som=
met malgré qu'on en eût. Plus on alloit en avant,
plus le chemin étoit escarpé. Enfin, après beau=
coup de détours, on se trouva au pied d'un ro=
cher d'énorme grandeur, lequel étoit au faîte de
la montagne, et où l'on jugea qu'il falloit laisser
l'infortunée fille.

De représenter à quel point l'affliction se trou=
va montée, c'est ce qui surpasse mes forces :

L'éloquence elle-même, impuissante à le dire,
Confesse que ceci n'est point de son empire.
C'est au silence seul d'exprimer les adieux
Des parents de la Belle au partir de ces lieux.
Je ne décrirai point, ni leur douleur amere,
Ni les pleurs de Psyché, ni les cris de sa mere,
Qui, du fond des rochers renvoyés dans les airs,
Firent de bout en bout retentir ces déserts.
Elle plaint de son sang la cruelle aventure,
Implore le soleil, les astres, la nature,
Croit fléchir par ses cris les auteurs du destin.
Il lui faut arracher sa fille de son sein :

Après mille sanglots enfin on les sépare.
Le Soleil, las de voir ce spectacle barbare,
Précipite sa course, et, passant sous les eaux,
Va porter la clarté chez des peuples nouveaux :
L'horreur de ces déserts s'accroît par son absence.
La Nuit vient sur un char conduit par le silence :
Il amene avec lui la crainte en l'univers.

La part qu'en eut Psyché ne fut pas des moin=
dres. Représentez-vous une fille qu'on a laissée
seule en des déserts effroyables, et pendant la
nuit. Il n'y a point de conte d'apparition et d'es=
prits qui ne lui revienne dans la mémoire. À
peine ose-t-elle ouvrir la bouche afin de se
plaindre.

En cet état, et mourant presque d'appréhen=
sion, elle se sentit enlever dans l'air. D'abord elle
se tint pour perdue, et crut qu'un démon l'alloit
emporter en des lieux d'où jamais on ne la ver=
roit revenir. Cependant c'étoit le Zéphyre, qui
incontinent la tira de peine, et lui dit l'ordre
qu'il avoit de l'enlever de la sorte et de la mener

à cet époux dont parloit l'oracle, et au service
duquel il étoit. Psyché se laissa flatter à ce que
lui dit le Zéphyre ; car c'est un dieu des plus
agréables. Ce ministre aussi fidele que diligent
des volontés de son maître la porta au haut du
rocher. Après qu'il lui eut fait traverser les airs
avec un plaisir qu'elle auroit mieux goûté dans
un autre temps, elle se trouva dans la cour d'un
palais superbe. Notre héroïne, qui commençoit
à s'accoutumer aux aventures extraordinaires,
eut bien l'assurance de contempler ce palais à la
clarté des flambeaux qui l'environnoient ; toutes
les fenêtres en étoient bordées : le firmament,
qui est la demeure des dieux, ne parut jamais si
bien éclairé.

Tandis que Psyché considéroit ces merveilles,
une troupe de Nymphes la vint recevoir jusque
par-delà le perron ; et après une inclination très
profonde, la plus apparente lui fit une espece de
compliment, à quoi la Belle ne s'étoit nullement
attendue. Elle s'en tira pourtant assez bien. La

e

premiere chose fut de s'enquérir du nom de celui
à qui appartenoient des lieux si charmants, et il
est à croire qu'elle demanda de le voir. On ne lui
répondit là-dessus que confusément : puis ces
Nymphes la conduisirent en un vestibule d'où
l'on pouvoit découvrir, d'un côté, les cours, et
de l'autre côté, les jardins. Psyché le trouva pro=
portionné à la richesse de l'édifice. De ce vesti=
bule on la fit passer en des salles que la magnifi=
cence elle-même avoit pris la peine d'orner, et
dont la derniere enchérissoit toujours sur la pré=
cédente. Enfin cette Belle entra dans un cabi=
net où on lui avoit préparé un bain. Aussitôt ces
Nymphes se mirent en devoir de la déshabiller et
de la servir. Elle fit d'abord quelque résistance,
et puis leur abandonna toute sa personne. Au
sortir du bain on la revêtit d'habits nuptiaux : je
laisse à penser quels ils pouvoient être, et si l'on
y avoit épargné les diamants et les pierreries : il
est vrai que c'étoit ouvrage de Fée, lequel d'ordi=
naire ne coûte rien. Ce ne fut pas une petite joie

pour Psyché de se voir si brave, et de se regarder dans les miroirs dont le cabinet étoit plein.

Cependant on avoit mis le couvert dans la salle la plus prochaine. Il y fut servi de l'ambrosie en toutes les sortes : quant au nectar, les Amours en furent les échansons. Psyché mangea peu. Après le repas, une musique de luths et de voix se fit entendre à l'un des coins du plafond, sans qu'on vît ni chantres ni instruments ; musique aussi douce et aussi charmante que si Orphée et Amphion en eussent été les conducteurs. Parmi les airs qui furent chantés, il y en eut un qui plut particulièrement à Psyché. Je vais vous en dire les paroles, que j'ai mises en notre langue au mieux que j'ai pu.

Tout l'univers obéit à l'Amour ;
Belle Psyché, soumettez-lui votre ame.
Les autres Dieux à ce Dieu font la cour,
Et leur pouvoir est moins doux que sa flamme.
Des jeunes cœurs c'est le suprême bien :
Aimez, aimez ; tout le reste n'est rien.

Sans cet amour, tant d'objets ravissants,
Lambris dorés, bois, jardins et fontaines,
N'ont point d'appas qui ne soient languissants,
Et leurs plaisirs sont moins doux que ses peines.
Des jeunes cœurs c'est le suprême bien :
Aimez, aimez; tout le reste n'est rien.

Dès que la musique eut cessé, on dit à Psyché qu'il étoit temps de se reposer. Il lui prit alors une petite inquiétude accompagnée de crainte, et telle que les filles l'ont d'ordinaire le jour de leurs noces sans savoir pourquoi. La Belle fit toutefois ce que l'on voulut. On la met au lit, et on se retire. Un moment après, celui qui en de= voit être le possesseur arriva et s'approcha d'elle. On n'a jamais su ce qu'ils se dirent, ni même d'autres circonstances bien plus importantes que celle-là : seulement a-t-on remarqué que le len= demain les Nymphes rioient entre elles, et que Psyché rougissoit en les voyant rire. La Belle ne s'en mit pas fort en peine, et n'en parut pas plus triste qu'à l'ordinaire.

Pour revenir à la premiere nuit de ses noces,
la seule chose qui l'embarrassoit étoit que son
mari l'avoit quittée devant qu'il fût jour, et lui
avoit dit que, pour beaucoup de raisons, il ne
vouloit pas être connu d'elle, et qu'il la prioit de
renoncer à la curiosité de le voir. Ce fut ce qui
lui en donna davantage. Quelles peuvent être ces
raisons? disoit en soi-même la jeune épouse; et
pourquoi se cache-t-il avec tant de soin? Assu=
rément l'oracle nous a dit vrai quand il nous l'a
peint comme quelque chose de fort terrible: si
est-ce qu'au toucher et au son de voix il ne m'a
semblé nullement que ce fût un monstre. Toute=
fois les dieux ne sont pas menteurs; il faut que
mon mari ait quelque défaut remarquable: si
cela étoit, je serois bien malheureuse! Ces ré=
flexions tempérerent pour quelques moments la
joie de Psyché. Enfin elle trouva à propos de n'y
plus penser, et de ne point corrompre elle-même
les douceurs de son mariage.

Dès que son époux l'eut quittée, elle tira les

rideaux : à peine le jour commençoit à poindre.
En l'attendant, notre héroïne se mit à rêver à
ses aventures, particulièrement à celles de cette
nuit. Ce n'étoient pas véritablement les plus
étranges qu'elle eût courues; mais elle en reve=
noit toujours à ce mari qui ne vouloit point être
vu. Psyché s'enfonça si avant en ses rêveries,
qu'elle en oublia ses ennuis passés, les frayeurs
du jour précédent, les adieux de ses parents, et
ses parents mêmes; et là-dessus elle s'endormit.
Aussitôt le songe lui représente son mari sous la
forme d'un jouvenceau de quinze à seize ans,
beau comme l'Amour, et qui avoit toute l'ap=
parence d'un dieu. Transportée de joie, la Belle
l'embrasse; il veut s'échapper, elle crie : mais
personne n'accourt au bruit. Qui que vous
soyez, dit-elle, et vous ne sauriez être qu'un dieu,
je vous tiens, ô charmant époux, et je vous ver=
rai tant qu'il me plaira. L'émotion l'ayant éveil=
lée, il ne lui demeura que le souvenir d'une il=
lusion agréable; et au lieu d'un jeune mari la

pauvre Psyché ne voyant en cette chambre que des dorures, ce qui n'étoit pas ce qu'elle cher= choit, ses inquiétudes reccmmencerent. Le som= meil eut encore une fois pitié d'elle ; il la replon= gea dans les charmes de ses pavots : et la Belle acheva ainsi la premiere nuit de ses noces.

Comme il étoit déja tard, les Nymphes en= trerent, et la trouverent encore tout endormie. Pas une ne lui en demanda la raison, ni com= ment elle avoit passé la nuit, mais bien si elle se vouloit lever, et de quelle façon il lui plaisoit qu'on l'habillât. En disant cela on lui montre cent sortes d'habits, la plupart très riches. Elle choi= sit le plus simple, se leve, se fait habiller avec précipitation, et témoigne aux Nymphes une im= patience de voir les raretés de ce beau séjour. On la mene donc en toutes les chambres : il n'y a point de cabinet ni d'arriere-cabinet qu'elle ne visite, et où elle ne trouve un nouveau sujet d'admiration. De là elle passe sur des balcons, et de ces balcons les Nymphes lui font remar=

quer l'architecture de l'édifice, autant qu'une fille est capable de la concevoir. Elle se souvient qu'elle n'a pas assez regardé de certaines tapis= series : elle rentre donc comme une jeune per= sonne qui voudroit tout voir à-la-fois, et qui ne sait à quoi s'attacher. Les Nymphes avoient assez de peine à la suivre, l'avidité de ses yeux la fai= sant courir sans cesse de chambre en chambre, et considérer à la hâte les merveilles de ce palais, où, par un enchantement prophétique, ce qui n'étoit pas encore et ce qui ne devoit jamais être se rencontroit.

On fit ses murs d'un marbre aussi blanc que l'albâtre :
Les dedans sont ornés d'un porphyre luisant.
Ces ordres dont les Grecs nous ont fait un présent,
Le dorique sans fard, l'élégant ionique,
Et le corinthien superbe et magnifique,
L'un sur l'autre placés, élevent jusqu'aux cieux
Ce pompeux édifice où tout charme les yeux.
Pour servir d'ornement à ses divers étages,
L'architecte y posa les vivantes images
De ces objets divins, Cléopatre, Phrynés,

Par qui sont les héros en triomphe menés.
Ces fameuses beautés dont la Grece se vante,
Celles que le Parnasse en ses fables nous chante,
Ou de qui nos romans font de si beaux portraits,
À l'envi sur le marbre étaloient leurs attraits.
L'enchanteresse Armide, héroïne du Tasse,
À côté d'Angélique avoit trouvé sa place.
On y voyoit sur-tout Hélene au cœur léger,
Qui causa tant de maux pour un prince berger.
Psyché dans le milieu voit aussi sa statue,
De ces reines des cœurs pour reine reconnue.
La Belle à cet aspect s'applaudit en secret,
Et n'en peut détacher ses beaux yeux qu'à regret.
Mais on lui montre encor d'autres marques de gloire :
Là ses traits sont de marbre, ailleurs ils sont d'ivoire :
Les disciples d'Arachne, à l'envi des pinceaux,
En ont aussi formé de différents tableaux :
Dans l'un on voit les Ris divertir cette Belle ;
Dans l'autre les Amours dansent à l'entour d'elle ;
Et sur cette autre toile Euphrosine et ses sœurs
Ornent ses blonds cheveux de guirlandes de fleurs.
Enfin, soit aux couleurs, ou bien dans la sculpture,
Psyché dans mille endroits rencontre sa figure ;
Sans parler des miroirs et du crystal des eaux,
Que ses traits imprimés font paroître plus beaux.

f

Les endroits où la Belle s'arrêta le plus ce
furent les galeries. Là les raretés, les tableaux,
les bustes, non de la main des Apelles et des
Phidias, mais de la main même des Fées, qui
ont été les maîtresses de ces grands hommes,
composoient un amas d'objets qui éblouissoit
la vue, et qui ne laissoit pas de lui plaire, de
la charmer, de lui causer des ravissements, des
extases; en sorte que Psyché, passant d'une
extrémité en une autre, demeura long-temps
immobile, et parut la plus belle statue de ces
lieux.

Des galeries elle repasse encore dans les cham=
bres, afin d'en considérer les richesses, les pré=
cieux meubles, les tapisseries de toutes les sor=
tes, et d'autres ouvrages conduits par la fille
de Jupiter. Sur-tout on voyoit une grande va=
riété dans ces choses et dans l'ordonnance de
chaque chambre : colonnes de porphyre aux al=
coves, (ne vous étonnez pas de ce mot d'alcove;
c'est une invention moderne, je vous l'avoue,

mais ne pouvoit-elle pas être dès-lors en l'esprit
des Fées? et ne seroit-ce point de quelque des=
cription de ce palais que les Espagnols, les
Arabes, si vous voulez, l'auroient prise?) les
chapiteaux de ces colonnes étoient d'airain de
Corinthe pour la plupart. Ajoutez à cela les
balustres d'or. Quant aux lits, ou c'étoit bro=
derie de perles, ou c'étoit un travail si beau
que l'étoffe n'en devoit pas être considérée. Je
n'oublierai pas, comme on peut penser, les ca=
binets et les tables de pierreries; vases singu=
liers et par leur matiere et par l'artifice de leur
gravure; enfin de quoi surpasser en prix l'uni=
vers entier. Si j'entreprenois de décrire seule=
ment la quatrieme partie de ces merveilles, je
me rendrois sans doute importun; car à la fin
on s'ennuie de tout, et des belles choses comme
du reste.

Je me contenterai donc de parler d'une tapis=
serie relevée d'or, laquelle on fit remarquer
principalement à Psyché, non tant pour l'ou=

vrage, quoiqu'il fût rare, que pour le sujet. La
tenture étoit composée de six pieces.

Dans la premiere on voyoit un chaos,
Masse confuse, et de qui l'assemblage
Faisoit lutter contre l'orgueil des flots
Des tourbillons d'une flamme volage.

Non loin de là, dans un même monceau,
L'air gémissoit sous le poids de la terre :
Ainsi le feu, l'air, la terre, avec l'eau,
Entretenoient une cruelle guerre.

Que fait l'Amour ? volant de bout en bout,
Ce jeune enfant, sans beaucoup de mystere,
En badinant vous débrouille le tout
Mille fois mieux qu'un sage n'eût su faire.

Dans la seconde un Cyclope amoureux,
Pour plaire aux yeux d'une Nymphe jolie,
Se déméloit la barbe et les cheveux ;
Ce qu'il n'avoit encor fait de sa vie.

En se moquant la Nymphe s'enfuyoit.
Amour l'atteint ; et l'on voyoit la Belle

Qui, dans un bois, le Cyclope prioit
Qu'il l'excusât d'avoir été rebelle.

Dans la troisieme, Cupidon paroissoit assis
sur un char tiré par des tigres. Derriere ce char
un petit Amour menoit en laisse quatre grands
dieux, Jupiter, Hercule, Mars, et Pluton; tan=
dis que d'autres enfants les chassoient, et les fai=
soient marcher à leur fantaisie. La quatrieme et
la cinquieme représentoient en d'autres manieres
la puissance de Cupidon. Et dans la sixieme
ce dieu, quoiqu'il eût sujet d'être fier des dé=
pouilles de l'univers, s'inclinoit devant une per=
sonne de taille parfaitement belle, et qui témoi=
gnoit à son air une très grande jeunesse. C'est
tout ce qu'on en pouvoit juger; car on ne lui
voyoit point le visage, et elle avoit alors la tête
tournée, comme si elle eût voulu se débarras=
ser d'un nombre infini d'Amours qui l'environ=
noient. L'ouvrier avoit peint le dieu dans un
grand respect; tandis que les Jeux et les Ris,
qu'il avoit amenés à sa suite, se moquoient de

lui en cachette, et se faisoient signe du doigt
que leur maître étoit attrapé. Les bordures de
cette tapisserie étoient toutes pleines d'enfants
qui se jouoient avec des massues, des foudres,
et des tridents; et l'on voyoit en beaucoup d'en=
droits pendre pour trophées force bracelets et
autres ornements de femmes.

Parmi cette diversité d'objets, rien ne plut
tant à la Belle que de rencontrer par-tout son
portrait, ou bien sa statue, ou quelque autre ou=
vrage de cette nature. Il sembloit que ce palais
fût un temple, et Psyché la déesse à qui il étoit
consacré.

Mais de peur que le même objet se présentant
si souvent à elle ne lui devînt ennuyeux, les Fées
l'avoient diversifié, comme vous savez que leur
imagination est féconde. Dans une chambre
elle étoit représentée en amazone; dans une au=
tre en Nymphe, en bergere, en chasseresse, en
Grecque, en Persane, en mille façons différentes
et si agréables, que cette Belle eut la curiosité de

les éprouver, un jour l'une, un autre jour l'au=
tre, plus par divertissèment et par jeu que pour
en tirer aucun avantage, sa beauté se soutenant
assez d'elle-même. Cela se passoit toujours avec
beaucoup de satisfaction de sa part, force louan=
ges de la part des Nymphes, un plaisir extrême
de la part du monstre, c'est-à-dire de son époux,
qui avoit mille moyens de la contempler sans
qu'il se montrât. Psyché se fit donc impératrice,
simple bergere, ce qu'il lui plut. Ce ne fut pas
sans que les Nymphes lui dissent qu'elle étoit
belle en toutes sortes d'habits, et sans qu'elle=
même se le dît aussi. Ah! si mon mari me voyoit
parée de la sorte! s'écrioit-elle souvent étant
seule. En ce moment-là son mari la voyoit peut=
être de quelque endroit d'où il ne pouvoit être
vu; et outre le plaisir de la voir, il avoit ce=
lui d'apprendre ses plus secretes pensées, et
de lui entendre faire un souhait où l'amour
avoit pour le moins autant de part que la
bonne opinion de soi-même. Enfin il ne se

passa presque point de jour que Psyché ne
changeât d'ajustement.

Changer d'ajustement tous les jours! s'écria
Acante ; je ne voudrois point d'autre paradis
pour nos dames. On avoua qu'il avoit raison, et
il n'y en eut pas un dans la compagnie qui ne
souhaitât un pareil bonheur à quelque femme
de sa connoissance. Cette réflexion étant faite,
Polyphile reprit ainsi :

Notre héroïne passa presque tout ce premier
jour à voir le logis : sur le soir elle s'alla prome=
ner dans les cours et dans les jardins, d'où elle
considéra quelque temps les diverses faces de
l'édifice, sa majesté, ses enrichissements et ses
graces, la proportion, le bel ordre et la corres=
pondance de ses parties. Je vous en ferois la des=
cription si j'étois plus savant dans l'architecture
que je ne suis. À ce défaut, vous aurez recours
au palais d'Apollidon, ou bien à celui d'Armide;

ce m'est tout un. Quant aux jardins, voyez ceux
de Falerine; ils vous pourront donner quelque
idée des lieux que j'ai à décrire.

> Assemblez, sans aller si loin,
> Vaux, Liancourt, et leurs Naïades;
> Y joignant en cas de besoin
> Ruel avecque ses cascades.
> Cela fait, de tous les côtés
> Placez en ces lieux enchantés
> Force jets affrontant la nue,
> Des canaux à perte de vue:
> Bordez-les d'orangers, de myrtes, de jasmins,
> Qui soient aussi géants que les nôtres sont nains:
> Entassez-en des pépinieres;
> Plantez-en des forêts entieres;
> Des forêts où chante en tout temps
> Philomele, honneur des bocages,
> De qui le regne en nos ombrages
> Naît et meurt avec le printemps.
> Mêlez-y les sons éclatans
> De tout ce que les bois ont d'agréables chantres.
> Chassez de ces forêts les sinistres oiseaux:
> Que les fleurs bordent leurs ruisseaux:
> Que l'Amour habite leurs antres.

g

N'y laissez entrer toutefois
Aucune hôtesse de ces bois
Qu'avec un paisible Zéphyre,
Et jamais avec un Satyre.
Point de tels amants dans ces lieux ;
Psyché s'en tiendroit offensée ;
Ne les offrez point à ses yeux,
Et moins encore à sa pensée.
Qu'en ce canton délicieux
Flore et Pomone à qui mieux mieux
Fassent montre de leurs richesses ;
Et que ce couple de déesses
Y renouvelle ses présents
Quatre fois au moins tous les ans.
Que tout y naisse sans culture.
Toujours fraîcheur, toujours verdure,
Toujours l'haleine et les soupirs
D'une brigade de zéphyrs.

Psyché ne se promenoit au commencement
que dans les jardins, n'osant se fier aux bois ;
bien qu'on l'assurât qu'elle n'y rencontreroit que
les Dryades, et pas un seul Faune. Avec le temps
elle devint plus hardie.

Un jour que la beauté d'un ruisseau l'avoit attirée, elle se laissa conduire insensiblement aux replis de l'onde. Après bien des tours elle parvint à sa source. C'étoit une grotte assez spa= cieuse, où, dans un bassin taillé par les seules mains de la nature, couloit le long d'un rocher une eau argentée, et qui par son bruit invitoit à un doux sommeil.

Psyché ne se put tenir d'entrer dans la grotte. Comme elle en visitoit les recoins, la clarté, qui alloit toujours en diminuant, lui faillit enfin tout-à-coup. Il y avoit certainement de quoi avoir peur ; mais elle n'en eut pas le loisir : une voix qui lui étoit familiere l'assura d'abord ; c'é= toit celle de son époux. Il s'approcha d'elle, la fit asseoir sur un siege couvert de mousse, se mit à ses pieds, et après lui avoir baisé la main, il lui dit en soupirant : Faut-il que je doive à la beauté d'un ruisseau une si agréable rencontre? pour= quoi n'est-ce pas à l'amour? Ah! Psyché! Psy= ché! je vois bien que cette passion et vos jeunes

ans n'ont encore guere de commerce ensemble.
Si vous aimiez, vous chercheriez le silence et la
solitude avec plus de soin que vous ne les évitez
maintenant; vous chercheriez les antres sauva=
ges, et auriez bientôt appris que de tous les lieux
où on sacrifie au dieu des amants, ceux qui lui
plaisent le plus ce sont ceux où on peut lui sacri=
fier en secret : mais vous n'aimez point.

Que voulez-vous que j'aime? répondit Psyché.
Un mari, dit-il, que vous vous figurerez à votre
mode, et à qui vous donnerez telle sorte de
beauté qu'il vous plaira.

Oui : mais, repartit la Belle, je ne me ren=
contrerai peut-être pas avec la nature; car il y a
bien de la fantaisie en cela. J'ai oui dire que non
seulement chaque nation avoit son goût, mais
chaque personne aussi. Une Amazone se pro=
poseroit un mari dont les graces feroient trem=
bler, un mari ressemblant à Mars : moi, je m'en
proposerai un semblable à l'Amour. Une per=
sonne mélancolique ne manqueroit pas de don=

ner à ce mari un air sérieux : moi qui suis gaie,
je lui en donnerai un enjoué. Enfin je croirai
vous faire plaisir en vous attribuant une beauté
délicate, et peut-être vous ferai-je tort.

Quoi que c'en soit, dit le mari, vous n'avez
pas attendu jusqu'à présent à vous forger une
image de votre époux : je vous prie de me dire
quelle elle est.

Vous avez dans mon esprit, poursuivit la
Belle, une mine aussi douce que trompeuse ;
tous les traits fins ; l'œil riant et fort éveillé ; de
l'embonpoint et de la jeunesse, on ne sauroit se
tromper à ces deux points-là : mais je ne sais si
vous êtes Éthiopien ou Grec ; et quand je me
suis fait une idée de vous la plus belle qu'il m'est
possible, votre qualité de monstre vient tout gâ=
ter. C'est pourquoi le plus court et le meilleur,
selon mon avis, c'est de permettre que je vous
voie.

Son mari lui serra la main, et lui dit avec beau=
coup de douceur : C'est une chose qui ne se peut,

pour des raisons que je ne saurois même vous
dire.

Je ne saurois donc vous aimer, reprit-elle as=
sez brusquement. Elle en eut regret, d'autant
plus qu'elle avoit dit cela contre sa pensée. Mais
quoi! la faute étoit faite. En vain elle voulut la ré=
parer par quelques caresses. Son mari avoit le
cœur si serré qu'il fut un temps assez long sans
pouvoir parler. Il rompit à la fin son silence par
un soupir, que Psyché n'eut pas plutôt entendu
qu'elle y répondit, bien qu'avec quelque sorte de
défiance. Les paroles de l'oracle lui revenoient
en l'esprit. Le moyen de les accorder avec cette
douceur passionnée que son époux lui faisoit
paroître? Celui qui empoisonnoit, qui brûloit,
qui faisoit ses jeux des tortures, soupirer pour
un simple mot! Cela sembloit tout-à-fait étrange
à notre héroïne : et à dire vrai tant de tendresse
en un monstre étoit une chose assez nouvelle.
Des soupirs il en vint aux pleurs, et des pleurs
aux plaintes. Tout cela plut extrêmement à la

Belle : mais comme il disoit des choses trop pi=
toyables, elle ne put souffrir qu'il continuât, et
lui mit premièrement la main sur la bouche,
puis la bouche même ; et par un baiser, bien
mieux qu'elle n'auroit fait avec toutes les paro=
les du monde, elle l'assura que, tout invisible et
tout monstre qu'il vouloit être, elle ne laissoit
pas de l'aimer. Ainsi se passa l'aventure de la
grotte. Il leur en arriva beaucoup de pareilles.

Notre héroïne ne perdit pas la mémoire de
ce que lui avoit dit son époux. Ses rêveries la
menoient souvent jusqu'aux lieux les plus écar=
tés de ce beau séjour, et faisoient si bien que
la nuit la surprenoit devant qu'elle pût ga=
gner le logis. Aussitôt son mari la venoit trou=
ver sur un char environné de ténebres, et pla=
çant à côté de lui notre jeune épouse, ils se pro=
menoient au bruit des fontaines. Je laisse à
penser si les protestations, les serments, les en=
tretiens pleins de passion, se renouveloient, et
de fois à autres aussi les baisers ; non point de

mari à femme, il n'y a rien de plus insipide,
mais de maîtresse à amant, et pour ainsi dire de
gens qui n'en seroient encore qu'à l'espérance.

Quelque chose manquoit pourtant à la satis=
faction de Psyché. Vous voyez bien que j'en=
tends parler de la fantaisie de son mari, c'est=
à-dire de cette opiniâtreté à demeurer invisible.
Toute la postérité s'en est étonnée. Pourquoi
une résolution si extravagante? Il se peut trou=
ver des personnes laides qui affectent de se mon=
trer; la rencontre n'en est pas rare : mais que
ceux qui sont beaux se cachent, c'est un prodige
dans la nature; et peut-être n'y avoit-il que cela
de monstrueux en la personne de notre époux.
Après en avoir cherché la raison, voici ce que
j'ai trouvé dans un manuscrit qui est venu de=
puis peu à ma connoissance.

Nos amants s'entretenoient à leur ordinaire; et
la jeune épouse, qui ne songeoit qu'aux moyens
de voir son mari, ne perdoit pas une seule occa=
sion de lui en parler. De discours en autre ils

vinrent aux merveilles de ce séjour. Après que
la Belle eut fait une longue énumération des
plaisirs qu'elle y rencontroit, disoit-elle, de tous
côtés, il se trouva qu'à son compte le principal
point y manquoit. Son mari ne voyoit que trop
où elle avoit dessein d'en venir ; mais comme
entre amants les contestations sont quelquefois
bonnes à plus d'une chose, il voulut qu'elle s'ex=
pliquât, et lui demanda ce que ce pouvoit être
que ce point d'une si grande importance, vu qu'il
avoit donné ordre aux Fees que rien ne man=
quât. Je n'ai que faire des Fées pour cela, re=
partit la Belle. Voulez-vous me rendre tout-à-fait
heureuse? je vous en enseignerai un moyen bien
court : il ne faut... Mais je vous l'ai dit tant de
fois inutilement que je n'oserois plus vous le
dire.

Non, non, reprit le mari, n'appréhendez pas
de m'être importune : je veux bien que vous me
traitiez comme on fait les Dieux ; ils prennent
plaisir à se faire demander cent fois une même

h

chose : qui vous a dit que je ne suis pas de leur
naturel?

Notre héroïne, encouragée par ces paroles, lui
repartit : Puisque vous me le permettez, je vous
dirai franchement que tous vos palais , tous vos
meubles, tous vos jardins, ne sauroient me ré=
compenser d'un moment de votre présence ; et
vous voulez que j'en sois tout-à-fait privée : car
je ne puis appeler présence un bien où les yeux
n'ont aucune part?

Quoi ! je ne suis pas maintenant de corps au=
près de vous? reprit le mari, et vous ne me tou=
chez pas.

Je vous touche , repartit-elle , et sens bien
que vous avez une bouche, un nez, des yeux, un
visage; tout cela proportionné comme il faut, et,
selon que je m'imagine, assorti de traits qui n'ont
pas leurs pareils au monde : mais, jusqu'à ce que
j'en sois assurée , cette présence de corps dont
vous me parlez est présence d'esprit pour moi.
Présence d'esprit! repartit l'époux. Psyché l'em=

pêcha de continuer, et lui dit en l'interrompant :
Apprenez-moi du moins les raisons qui vous ren=
dent si opiniâtre.

Je ne vous les dirai pas toutes, reprit l'époux ;
mais, afin de vous contenter en quelque façon,
examinez la chose en vous-même, vous serez
contrainte de m'avouer qu'il est à propos pour
l'un et pour l'autre de demeurer en l'état où nous
nous trouvons. Premièrement, tenez-vous cer=
taine que du moment que vous n'aurez plus rien
à souhaiter vous vous ennuierez : et comment ne
vous ennuieriez-vous pas ? les Dieux s'ennuient
bien ; ils sont contraints de se faire de temps en
temps des sujets de desir et d'inquiétude : tant
il est vrai que l'entiere satisfaction et le dégoût
se tiennent la main ! Pour ce qui me touche, je
prends un plaisir extrême à vous voir en peine ;
d'autant plus que votre imagination ne se forge
guere de monstres , j'entends d'images de ma
personne, qui ne soient très agréables. Et pour
vous dire une raison plus particuliere, vous ne

doutez pas qu'il n'y ait quelque chose en moi de surnaturel. Nécessairement je suis dieu, ou je suis démon, ou bien enchanteur. Si vous trou= vez que je sois démon, vous me haïrez : et si je suis dieu, vous cesserez de m'aimer, ou du moins vous ne m'aimerez plus avec tant d'ardeur ; car il s'en faut bien qu'on aime les dieux aussi vio= lemment que les hommes. Quant au troisieme ; il y a des enchanteurs agréables : je puis être de ceux-là ; et possible suis-je tous les trois ensem= ble. Ainsi le meilleur pour vous est l'incertitude, et qu'après la possession vous ayiez toujours de quoi desirer : c'est un secret dont on ne s'étoit pas encore avisé. Demeurons-en là, si vous m'en croyez ; je sais ce que c'est d'amour, et le dois savoir.

Psyché se paya de ces raisons ; ou, si elle ne s'en paya, elle fit semblant de s'en payer.

Cependant elle inventoit mille jeux pour se divertir. Les parterres étoient dépouillés, l'herbe des prairies foulée : ce n'étoient que danses et

combats de Nymphes, qui se séparoient souvent
en deux troupes, et, distinguées par des échar=
pes de fleurs, comme par des ordres de chevale=
rie, se jetoient ensuite tout ce que Flore leur
présentoit; puis le parti victorieux dressoit un
trophée, et dansoit autour couronné d'œillets et
de roses.

D'autres fois Psyché se divertissoit à entendre
un défi de rossignols, ou à voir un combat na=
val de cygnes, des tournois et des joûtes de pois=
sons. Son plus grand plaisir étoit de présenter
un appât à ces animaux, et après les avoir pris
de les rendre à leur élément. Les Nymphes sui=
voient en cela son exemple. Il y avoit tous les
soirs gageure à qui en prendroit davantage. La
plus heureuse en sa pêche obtenoit quelque fa=
veur de notre héroïne : la plus malheureuse étoit
condamnée à quelque peine, comme de faire un
bouquet ou une guirlande à chacune de ses com=
pagnes. Ces spectacles se terminoient par le cou=
cher du Soleil.

Il étoit témoin de la fête,
Paré d'un magnifique atour;
Et, caché le reste du jour,
Sur le soir il montroit sa tête.

Mais comment la montroit-il? environnée d'un
diadême d'or et de pourpre, et avec toute la ma=
gnificence et la pompe qu'un roi des astres peut
étaler.

Le logis fournissoit pareillement ses plaisirs,
qui n'étoient tantôt que de simples jeux, et tan=
tôt des divertissements plus solides. Psyché com=
mençoit à ne plus agir en enfant. On lui racon=
toit les amours des Dieux, et les changements de
forme qu'a causés cette passion, source de bien
et de mal. Le savoir des Fées avoit mis en tapis=
series les malheurs de Troie, bien qu'ils ne fus=
sent pas encore arrivés. Psyché se les faisoit
expliquer. Mais voici un merveilleux effet de
l'enchantement.

Les hommes, comme vous savez, ignoroient
alors ce bel art que nous appelons comédie; il

n'étoit pas même encore dans son enfance : ce=
pendant on le fit voir à la Belle dans sa plus
grande perfection, et tel que Ménandre et So=
phocle nous l'ont laissé. Jugez si on y épargnoit
les machines, les musiques, les beaux habits,
les ballets des anciens et les nôtres.

Psyché ne se contenta pas de la fable ; il fallut
y joindre l'histoire, et l'entretenir des diverses
façons d'aimer qui sont en usage chez chaque
peuple ; quelles sont les beautés des Scythes,
quelles celles des Indiens, et tout ce qui est
contenu sur ce point dans les archives de l'uni=
vers, soit pour le passé, soit pour l'avenir, à l'ex=
ception de son aventure, qu'on lui cacha, quel=
que priere qu'elle fît aux Nymphes de la lui
apprendre. Enfin sans qu'elle bougeât de son
palais toutes les affaires qu'Amour a dans les
quatre parties du monde lui passerent devant
les yeux.

Que vous dirai-je davantage? on lui enseigna
jusqu'aux secrets de la poésie. Cette corruptrice

des cœurs acheva de gâter celui de notre héroïne,
et la fit tomber dans un mal que les médecins
appellent glycomorie, qui lui pervertit tous les
sens, et la ravit comme à elle-même. Elle par=
loit étant seule,

> Ainsi qu'en usent les amants
> Dans les vers et dans les romans.

Aller rêver au bord des fontaines, se plaindre
aux rochers, consulter les antres sauvages, c'é=
toit où son mari l'attendoit. Il n'y eut chose dans
la nature qu'elle n'entretînt de sa passion. Hé=
las! disoit-elle aux arbres, je ne saurois graver
sur votre écorce que mon nom seul, car je ne
sais pas celui de la personne que j'aime. Après
les arbres elle s'adressoit aux ruisseaux : ceux=
ci étoient ses principaux confidents, à cause de
l'aventure que je vous ai dite. S'imaginant que
leur rencontre lui étoit heureuse, il n'y en eut
pas un auquel elle ne s'arrêtât, jusqu'à espérer
qu'elle attraperoit sur leurs bords son mari dor=

mant, et qu'après il seroit inutile au monstre de
se cacher.

Dans cette pensée elle leur disoit à-peu-près
les choses que je vais vous dire, et les leur disoit
en vers aussi bien que moi.

Ruisseaux, enseignez-moi l'objet de mon amour;
Guidez vers lui mes pas, vous dont l'onde est si pure.
Ne dormiroit-il point en ce sombre séjour,
Payant un doux tribut à votre doux murmure?

En vain pour le savoir Psyché vous fait la cour;
En vain elle vous vient conter son aventure :
Vous n'osez déceler cet ennemi du jour,
Qui rit en quelque coin du tourment que j'endure.

Il s'envole avec l'ombre, et me laisse appeler.
Hélas! j'use au hasard de ce mot d'envoler;
Car je ne sais pas même encor s'il a des ailes.
J'ai beau suivre vos bords, et chercher en tous lieux :
Les antres seulement m'en disent des nouvelles;
Et ce que je chéris n'est pas fait pour mes yeux.

Ne doutez point que ces peines dont parloit
Psyché n'eussent leurs plaisirs : elle les passoit

i

souvent sans s'appercevoir de la durée, je ne
dirai pas des heures, mais des soleils : de sorte
que l'on peut dire que ce qui manquoit à sa joie
faisoit une partie des douceurs qu'elle goûtoit
en aimant : mille fois heureuse si elle eût suivi
les conseils de son époux, et qu'elle eût compris
l'avantage et le bien que c'est de ne pas atteindre
à la suprême félicité ! car sitôt que l'on en est là,
il est force que l'on descende, la Fortune n'étant
pas d'humeur à laisser reposer sa roue. Elle est
femme, et Psyché l'étoit aussi, c'est-à-dire in=
capable de demeurer en un même état. Notre
héroïne le fit bien voir par la suite.

Son mari, qui sentoit approcher ce moment
fatal, ne la venoit plus visiter avec sa gaieté or=
dinaire. Cela fit craindre à la jeune épouse quel=
que refroidissement. Pour s'en éclaircir, comme
nous voulons tout savoir, jusqu'aux choses qui
nous déplaisent, elle dit à son époux :

D'où vient la tristesse que je remarque depuis
quelque temps dans tous vos discours ? Rien ne

vous manque, et vous soupirez. Que feriez-vous
donc si vous étiez en ma place? N'est-ce point
que vous commencez à vous dégoûter? En vé=
rité je le crains : non pas que je sois devenue
moins belle ; mais , comme vous dites vous=
même , je suis plus vôtre que je n'étois. Seroit=
il possible , après tant de cajoleries et de ser=
ments , que j'eusse perdu votre amour? Si ce
malheur-là m'est arrivé , je ne veux plus vivre.

A peine eut-elle achevé ces paroles , que le
monstre fit un soupir, soit qu'il fût touché des
choses qu'elle avoit dites, soit qu'il eût un pres=
sentiment de ce qui devoit arriver. Il se mit en=
suite à pleurer, mais fort tendrement; puis, cé=
dant à la douleur, il se laissa mollement aller
sur le sein de la jeune épouse, qui , de son côté,
pour mêler ses larmes avec celles de son mari,
pencha doucement la tête ; de sorte que leurs
bouches se rencontrerent : et nos amants, n'ayant
pas le courage de les séparer, demeurerent long=
temps sans rien dire.

Toutes ces circonstances sont déduites au long dans le manuscrit dont je vous ai parlé tantôt. Il faut que je vous l'avoue, je ne lis jamais cet endroit que je ne me sente ému. En effet, dit alors Gélaste, qui n'auroit pitié de ces pauvres gems? Perdre la parole! il faut croire que leurs bouches s'étoient bien malheureusement ren= contrées : cela me semble tout-à-fait digne de compassion. Vous en rirez tant qu'il vous plaira, reprit Polyphile, mais pour moi je plains deux amants de qui les caresses sont mêlées de crainte et d'inquiétude. Si, dans une ville assiégée ou dans un vaisseau menacé de la tempête, deux per= sonnes s'embrassoient ainsi, les tiendriez-vous heureuses? Oui vraiment, repartit Gélaste; car en tout ce que vous dites là le péril est encore bien éloigné. Mais, vu l'intérêt que vous prenez à la satisfaction de ces deux époux, et la pitié que vous avez d'eux, vous ne vous hâtez guere de les tirer de ce misérable état où vous les avez laissés : ils mourront si vous ne leur rendez

la parole. Rendons-la leur donc, continua Po=
lyphile.

Au sortir de cette extase, la premiere chose
que fit Psyché, ce fut de passer sa main sur les
yeux de son époux, afin de sentir s'ils étoient hu=
mides; car elle craignoit que ce ne fût feinte. Les
ayant trouvés en bon état, et comme elle les de=
mandoit, c'est-à-dire mouillés de larmes, elle con=
damna ses soupçons, et fit scrupule de démentir
un témoignage de passion beaucoup plus certain
que toutes les assurances de bouche, serments
et autres. Cela lui fit attribuer le chagrin de son
mari à quelque défaut de tempérament, ou bien
à des choses qui ne la regardoient point. Quant
à elle, après tant de preuves, la puissance de ses
appas lui sembla trop bien établie, et le monstre
trop amoureux, pour faire qu'elle craignît aucun
changement.

Lui, au contraire, auroit souhaité qu'elle
appréhendât; car c'étoit l'unique moyen de la

rendre *sage*, et de mettre un frein à sa curiosité.
Il lui dit beaucoup de choses sur ce sujet, moi=
tié sérieusement et moitié avec raillerie; à quoi
Psyché repartoit fort bien : et le mari déclamoit
toujours contre les femmes trop curieuses.

Que vous êtes étrange avec votre curiosité!
lui dit son épouse. Est-ce vous désobliger que
de souhaiter de vous voir, puisque vous dites
vous-même que vous êtes si agréable? Eh bien!
quand j'aurai tâché de me satisfaire, qu'en se=
ra-t-il? Je vous quitterai, dit le mari. Et moi, je
vous retiendrai, repartit la Belle. Mais si j'ai juré
par le Styx? continua son époux. Qui est-il, ce
Styx? dit notre héroïne. Je vous demanderois vo=
lontiers s'il est plus puissant que ce qu'on appelle
beauté. Quand il le seroit, pourriez-vous souf=
frir que j'errasse par l'univers, et que Psyché se
plaignît d'être abandonnée de son mari sur un
prétexte de curiosité, et pour ne pas manquer
de parole au Styx? Je ne vous puis croire si dé=
raisonnable. Et le scandale, et la honte?

Il paroît bien que vous ne me connoissez pas,
repartit l'époux, de m'alléguer le scandale et la
honte : ce sont choses dont je ne me mets guere
en peine. Quant à vos plaintes, qui vous écou=
tera? et que direz-vous? Je voudrois bien que
quelqu'un des Dieux fût si téméraire que de
vous accorder sa protection! Voyez-vous, Psy=
ché, ceci n'est point une raillerie; je vous aime
autant que l'on peut aimer, mais ne me comptez
plus pour ami dès le moment que vous m'aurez
vu. Je sais bien que vous n'en parlez que par
raillerie, et non pas avec un véritable dessein de
me causer un tel déplaisir : cependant j'ai sujet
de craindre qu'on ne vous conseille de l'entre=
prendre. Ce ne seront pas les Nymphes : elles
n'ont garde de me trahir, ni de vous rendre ce
mauvais office : leur qualité de demi-déesses les
empêche d'être envieuses : puis, je les tiens tou=
tes par des engagements trop particuliers. Dé=
fiez-vous du dehors. Il y a déja deux personnes
au pied de ce mont qui vous viennent rendre vi=

site. Vous et moi nous nous passerions fort bien
de ce témoignage de bienveillance. Je les chas=
serois, car elles me choquent, si le Destin, qui
est maître de toutes choses, me le permettoit.
Je ne vous nommerai point ces personnes. Elles
vous appellent de tous côtés. S'il arrive que le
Destin porte leur voix jusqu'à vous, ce que je
ne saurois empêcher, ne descendez pas, laissez=
les crier, et qu'elles viennent comme elles pour=
ront.

Là-dessus il la quitta sans vouloir lui dire
quelles personnes c'étoient, quoique la Belle pro=
mît avec grands serments de ne pas les aller trou=
ver, et encore moins de les croire.

Voilà Psyché fort embarrassée, comme vous
voyez. Deux curiosités à la fois! y a-t-il femme
qui y résistât? Elle épuisa sur ce dernier point
tout ce qu'elle avoit de lumieres et de conjectu=
res. Cette visite m'étonne, disoit-elle en se pro=
menant un peu loin des Nymphes. Ne seroient=
ce point mes parents? Hélas! mon mari est bien

cruel d'envier à deux personnes qui n'en peuvent
plus la satisfaction de me voir! Si les bonnes
gens vivent encore, ils ne sauroient être fort éloi=
gnés du dernier moment de leur course. Quelle
consolation pour eux, que d'apprendre combien
je suis pourvue richement, et si avant que d'en=
trer dans la tombe ils voyoient au moins un
échantillon des douceurs et des avantages dont
je jouis, afin d'en emporter quelque souvenir
chez les morts! Mais si ce sont eux, pourquoi
mon mari se met-il en peine? ils ne m'ont jamais
inspiré que l'obéissance. Vous verrez que ce sont
mes sœurs. Il ne doit pas non plus les appréhen=
der : les pauvres femmes n'ont autre soin que de
contenter leurs maris. Ô Dieux! je serois ravie
de les mener en tous les endroits de ce beau sé=
jour, et sur-tout de leur faire voir la comédie et
ma garde-robe. Elles doivent avoir des enfants,
si la mort ne les a privées depuis mon départ
de ces doux fruits de leur mariage : qu'elles se=
roient aises de leur reporter mille menus affi=

quets et joyaux de prix dont je ne tiens compte,
et que les Nymphes et moi nous foulons aux
pieds, tant ce logis en est plein!

Ainsi raisonnoit Psyché, sans qu'il lui fût pos=
sible d'asseoir aucun jugement certain sur ces
deux personnes : il y avoit même des intervalles
où elle croyoit que ce pouvoient être quelques
uns de ses amants. Dans cette pensée, elle disoit,
quelque peu plus bas : Ne va point en prendre
l'alarme, charmant époux ; laisse-les venir ; je te
les sacrifierai de la plus cruelle maniere dont
jamais femme se soit avisée ; et tu en auras le
plaisir, fussent-ils enfants de roi.

Ces réflexions furent interrompues par le
Zéphyre, qu'elle vit venir à grands pas et fort
échauffé. Il s'approcha d'elle avec le respect or=
dinaire ; lui dit que ses sœurs étoient au pied de
cette montagne ; qu'elles avoient plusieurs fois
traversé le petit bois sans qu'il leur eût été pos=
sible de passer outre, les dragons les arrêtant
avec grand' frayeur ; qu'au reste c'étoit pitié que

de les ouir appeler; qu'elles n'avoient tantôt plus de voix, et que les échos n'étoient occupés qu'à répéter le nom de Psyché. Le pauvre Zé=phyre pensoit bien faire. Son maître, qui avoit défendu aux Nymphes de donner ce funeste avis, ne s'étoit pas souvenu de lui en parler.

Psyché le remercia agréablement, et lui dit qu'on auroit peut-être besoin de son ministere. Il ne fut pas sitôt retiré, que la Belle, mettant à part les menaces de son époux, ne songea plus qu'aux moyens d'obtenir de lui que ses sœurs se=roient enlevées comme elle à la cime de ce ro=cher. Elle médita une harangue pour ce sujet, ne manqua pas de s'en servir, de bien prendre son temps, et d'entremêler le tout de caresses. Faites votre compte qu'elle n'omit rien de ce qui pouvoit contribuer à sa perte. Je voudrois m'être souvenu des termes de cette harangue; vous y trouveriez une éloquence, non pas véritable=ment d'orateur, ni aussi d'une personne qui n'au=roit fait toute sa vie qu'écouter.

La Belle représenta, entre autres choses, que
son bonheur seroit imparfait tant qu'il demeu=
reroit inconnu. À quoi bon tant d'habits super=
bes? il savoit très bien qu'elle avoit de quoi s'en
passer : s'il avoit cru à propos de lui en faire un
présent, ce devoit être plutôt pour la montre
que pour le besoin. Pourquoi les raretés de ce
séjour, si on ne lui permettoit de s'en faire hon=
neur? car à son égard ce n'étoient plus raretés :
l'émail des parterres, celui des prés, et celui des
pierreries, commençoient à lui être égaux ; leur
différence ne dépendoit plus que des yeux d'au=
trui. Il ne falloit pas blâmer une ambition dont
elle avoit pour exemple tout ce qu'il y a de plus
grand au monde. Les rois se plaisent à étaler
leurs richesses, et à se montrer quelquefois avec
l'éclat et la gloire dont ils jouissent. Il n'est pas
jusqu'à Jupiter qui n'en fasse autant. Quant à
elle, cela lui étoit interdit, bien qu'elle en eût
plus besoin qu'aucun autre : car, après les pa=
roles de l'oracle, quelle croyance pouvoit-on

avoir de l'état de sa fortune? point d'autre, sinon
qu'elle vivoit enfermée dans quelque repaire, où
elle se nourrissoit de la proie que lui apportoit
son mari, devenue compagne des ours : pourvu
qu'encore ce même mari eût attendu jusque-là
à la dévorer. Qu'il avoit intérêt, pour son propre
honneur, de détruire cette croyance, et qu'elle
lui en parloit beaucoup plus pour lui que pour
elle ; quoique, à dire la vérité, il lui fût fâcheux
de passer pour un objet de pitié après avoir été
un objet d'envie. Et que savoit-elle si ses parents
n'en étoient point morts ou n'en mourroient
point de douleur? Si ses sœurs l'aimoient, pour=
quoi leur laisser ce déplaisir? et si elles avoient
d'autres sentiments , y avoit - il un meilleur
moyen de les punir que de les rendre témoins
de sa gloire? C'est en substance ce que dit Psy=
ché.

   Son époux lui repartit : Voilà les meilleures
raisons du monde; mais elles ne me persuade=
roient pas, s'il m'étoit libre d'y résister. Vous

êtes tombée justement dans les trois défauts qui
ont le plus accoutumé de nuire aux personnes
de votre sexe; la curiosité, la vanité, et le trop
d'esprit. Je ne réponds pas à vos arguments, ils
sont trop subtils : et puisque vous voulez votre
perte, et que le Destin la veut aussi, je vais y
mettre ordre et commander au Zéphyre de vous
apporter vos sœurs. Plût au Sort qu'il les lais=
sât tomber en chemin!

Non, non, reprit Psyché quelque peu piquée,
puisque leur visite vous déplaît tant, ne vous
en mettez plus en peine : je vous aime trop pour
vous vouloir obliger à ces complaisances.

Vous m'aimez trop? repartit l'époux : vous,
Psyché, vous m'aimez trop? et comment vou=
lez-vous que je le croie? sachez que les vrais
amants ne se soucient que de leur amour. Que
le monde parle, raisonne, croie ce qu'il voudra;
qu'on les plaigne, qu'on les envie; tout leur est
égal, c'est-à-dire indifférent.

Psyché l'assura qu'elle étoit dans ces senti=

ments ; mais il falloit pardonner quelque chose à
sa jeunesse, outre l'amitié qu'elle avoit toujours
eue pour ses sœurs : non qu'elle insistât davan=
tage sur la liberté de les voir. En disant qu'elle
ne la demandoit pas, ses caresses la deman=
doient, et l'obtinrent enfin. Son époux lui dit
qu'elle possédât à son aise ces sœurs si chéries ;
qu'afin de lui en donner le loisir, il demeureroit
quelques jours sans la venir voir. Et sur ce que
notre héroïne lui demanda s'il trouveroit bon
qu'elle les régalât de quelques présents. Non seu=
lement elles, lui dit l'époux, mais leur famille,
leur parenté. Divertissez-les comme il vous
plaira ; donnez-leur diamants et perles ; donnez=
leur tout, puisque tout vous appartient. C'est
assez pour moi que vous vous gardiez de les
croire. Psyché le promit, et ne le tint pas.

Le monstre partit, et quitta sa femme plus
matin que de coutume ; si bien qu'y ayant encore
beaucoup de chemin à faire jusqu'à l'aurore,
notre héroïne en acheva une partie en rêvant à

la visite qu'elle étoit près de recevoir, une autre
partie en dormant. Et à son lever elle fut tout
étonnée que les Nymphes lui amenerent ses
sœurs.

La joie de Psyché ne fut pas moindre que sa
surprise : elle en donna mille marques, mille
baisers, que ses sœurs reçurent au moins mal
qu'il leur fut possible, et avec toute la dissimu=
lation dont elles se trouverent capables. Déja
l'envie s'étoit emparée du cœur de ces deux per=
sonnes. Comment! on les avoit fait attendre que
leur sœur fût éveillée! Étoit-elle d'un autre sang?
avoit-elle plus de mérite que ses aînées? leur
cadette être une déesse, et elles de chétives
reines! la moindre chambre de ce palais valoit
dix royaumes comme ceux de leurs maris! passe
encore pour des richesses; mais de la divinité,
c'étoit trop. Hé quoi! les mortelles n'étoient pas
dignes de la servir! on voyoit une douzaine de
Nymphes à l'entour d'une toilette, à l'entour
d'un brodequin; mais quel brodequin! qui va=

loit autant que tout ce qu'elles avoient coûté en habits depuis qu'elles étoient au monde. C'est ce qui rouloit au cœur de ces femmes, ou, pour mieux dire, de ces furies ; je ne devrois plus les appeler autrement.

Cette premiere entrevue se passa pourtant comme il faut, graces à la franchise de Psyché et à la dissimulation de ses sœurs. Leur cadette ne s'habilla qu'à demi, tant il tardoit à la Belle de leur montrer sa béatitude! Elle commença par le point le plus important, c'est-à-dire par les habits, et par l'attirail que le sexe traîne après lui. Il étoit rangé dans des magasins dont à peine on voyoit le bout ; vous savez que cet atti= rail est une chose infinie. Là se rencontroit avec abondance ce qui contribue non seulement à la propreté, mais à la délicatesse; équipage de jour et de nuit, vases et baignoires d'or ciselé; in= struments du luxe : laboratoires, non pour les fards, de quoi eussent-ils servi à Psyché, puis= que l'usage en étoit alors inconnu? L'artifice et

le mensonge ne régnoient pas comme ils font
en ce siècle-ci : on n'avoit point encore vu de
ces femmes qui ont trouvé le secret de devenir
vieilles à vingt ans, et de paroître jeunes à soi=
xante; et qui, moyennant trois ou quatre boîtes,
l'une d'embonpoint, l'autre de fraîcheur, et la
troisieme de vermillon, font subsister leurs
charmes comme elles peuvent. Certainement
l'Amour leur est obligé de la peine qu'elles se don=
nent. Les laboratoires dont il sagit n'étoient donc
que pour les parfums : il y en avoit en eaux, en
essences, en poudres, en pastilles, et en mille es=
peces dont je ne sais pas les noms, et qui n'en
eurent possible jamais. Quand tout l'empire de
Flore, avec les deux Arabies et les lieux où naît
le baume, seroient distillés, on n'en feroit pas
un assortiment de senteurs comme celui-là.
Dans un autre endroit étoient des piles de
joyaux, ornements et chaînes de pierreries, bra=
celets, colliers, et autres machines qui se fabri=
quent à Cythere. On étala les filets de perles;

on déploya les habits chamarrés de diamants : il
y avoit de quoi armer un million de Belles de
toutes pieces. Non que Psyché ne se pût passer
de ces choses, comme je l'ai déja dit; elle n'é=
toit pas de ces conquérantes à qui il faut un peu
d'aide : mais pour la grandeur et pour la forme
son mari le vouloit ainsi.

Ses sœurs soupiroient à la vue de ces objets;
c'étoient autant de serpens qui leur rongeoient
l'ame. Au sortir de cet arsenal, elles furent me=
nées dans les chambres, puis dans les jardins;
et par-tout elles avaloient un nouveau poison.
Une des choses qui leur causa le plus de dépit,
fut qu'en leur présence notre héroïne ordonna
aux zéphyrs de redoubler la fraîcheur ordi=
naire de ce séjour, de pénétrer jusqu'au fond
des bois, d'avertir les rossignols qu'ils se tinssent
prêts, et que ses sœurs se promeneroient sur le
soir en un tel endroit. Il ne lui reste, se dirent
les sœurs à l'oreille, que de commander aux sai=
sons et aux éléments.

Cependant les Nymphes n'étoient pas inutiles. Elles préparoient les autres plaisirs, chacune selon son office ; celles-là les collations, celles-ci la symphonie, d'autres les divertissements de théâtre. Psyché trouva bon que ces dernieres missent son aventure en comédie. On y joua les plus considérables de ses amants, à l'exception du mari, qui ne parut point sur la scene. Les Nymphes étoient trop bien averties pour le donner à connoître. Mais comme il falloit une conclusion à la piece, et que cette conclusion ne pouvoit être autre qu'un mariage, on fit épouser la Belle par ambassadeurs ; et ces ambassadeurs furent les Jeux et les Ris : mais on ne nomma point le mari.

Ce fut le premier sujet qu'eurent les deux sœurs de douter des charmes de cet époux. Elles s'étoient malicieusement informées de ses qualités, s'imaginant que ce seroit un vieux roi, qui, ne pouvant mieux, amusoit sa femme avec des bijoux. Mais Psyché leur en avoit dit des mer=

veilles : Qu'il n'étoit guere plus âgé que la plus jeune d'entre elles deux ; qu'il avoit la mine d'un Mars, et pourtant beaucoup de douceur en son procédé ; les traits du visage agréables ; galant sur-tout ; elles en seroient juges elles-mêmes : non de ce voyage, il étoit absent ; les affaires de son état le retenoient en une province dont elle avoit oublié le nom : au reste, qu'elles se gardassent bien d'interpréter l'oracle à la lettre ; ces qualités d'incendiaire et d'empoisonneur n'étoient autre chose qu'une énigme qu'elle leur expliqueroit quelque jour, quand les affaires de son époux le lui permettroient.

Les deux sœurs écoutoient ces choses avec un chagrin qui alloit jusqu'au désespoir. Il fallut pourtant se contraindre pour leur honneur, et aussi pour se conserver quelque créance en l'es= prit de leur cadette. Cela leur étoit nécessaire dans le dessein qu'elles avoient. Les maudites femmes s'étoient proposé de tenter toutes sortes de moyens pour engager leur sœur à se per=

dre, soit en lui donnant de mauvaises impres=
sions de son mari, soit en renouvelant dans son
ame le souvenir d'un de ses amants.

Huit jours se passerent en divertissements
continuels, à toujours changer : nos envieuses
se gardoient bien de demander deux fois une
même chose; c'eût été faire plaisir à leur sœur,
qui, de son côté, les accabloit de caresses. Moins
elles avoient lieu de s'ennuyer, et plus elles s'en=
nuyoient. Elles auroient pris congé dès le se=
cond jour, sans la curiosité de voir ce mari
qu'elles ne croyoient ni si beau ni si aimable
que disoit Psyché. Beaucoup de raisons le leur
faisoient juger de la sorte : premièrement les
paroles de l'oracle ; cette prétendue absence,
qui se rencontroit justement dans le temps de
leur visite, cette province dont Psyché avoit ou=
blié le nom; l'embarras où elle étoit en parlant
de son mari : elle n'en parloit qu'en hésitant,
étant trop bien née et trop jeune pour pouvoir
mentir avec assurance. Ses sœurs faisoient leur

profit de tout. L'envie leur ouvroit les yeux :
c'est un démon qui ne laisse rien échapper et
qui tire conséquence de toutes choses, aussi bien
que la jalousie.

Au bout des huit jours. Psyché congédia ses
aînées avec force dons et prieres de revenir :
qu'on ne les feroit plus attendre comme on
avoit fait ; qu'elle tâcheroit d'obtenir de son mari
que les dragons fussent enchaînés ; qu'aussitôt
qu'elles seroient arrivées au pied du rocher on
les enleveroit au sommet, soit le Zéphyre en
personne, soit son haleine ; elles n'auroient qu'à
s'abandonner dans les airs. Les présents que leur
fit Psyché furent des essences et des pierreries ;
force raretés à leurs maris ; toutes sortes de jouets
à leurs enfants : quant aux personnes dont la
Belle tenoit le jour, deux fioles d'un élixir ca=
pable de rajeunir la vieillesse même.

Les deux sœurs parties, et le mari revenu,
Psyché lui conta tout ce qui s'étoit passé, et le
reçut avec les caresses que l'absence a coutume

de produire entre nouveaux mariés ; si bien que
le monstre, ne trouvant point l'amour de sa
femme diminué ni sa curiosité accrue, se mit
en l'esprit qu'en vain il craignoit ces sœurs, et
se laissa tellement persuader, qu'il agréa leurs
visites, et donna les mains à tout ce que voulut
sa femme sur ce sujet.

Les sœurs ne trouverent pas à propos de
révéler ces merveilles ; c'eût été contribuer
elles-mêmes à la gloire de leur cadette. Elles di=
rent que leur voyage avoit été inutile ; qu'elles
n'avoient point vu Psyché, mais qu'elles espé=
roient la voir par le moyen d'un jeune homme
appelé Zéphyre, qui tournoit sans cesse à l'en=
tour du roc , et qu'elles gagneroient infaillible=
ment, pourvu qu'elles s'en voulussent donner la
peine.

Quand elles étoient seules, et qu'on ne pou=
voit les entendre, elles se plaignoient l'une à
l'autre de la félicité de leur sœur. Si son mari,
disoit l'une, est aussi bien fait qu'il est riche,

notre cadette se peut vanter que l'épouse de Ju=
piter n'est pas si heureuse qu'elle. Pourquoi le
Sort lui a-t-il donné tant d'avantage sur nous?
méritions-nous moins que cette jeune étourdie?
et n'avions-nous pas autant de beauté et plus
d'esprit qu'elle?

Je voudrois que vous sussiez, disoit l'autre,
quelle sorte de mari j'ai épousé; il a toujours
une douzaine de médecins à l'entour de sa per=
sonne. Je ne sais comme il ne les fait point cou=
cher avec lui : car pour me faire cet honneur,
cela ne lui arrive que rarement, et par des con=
sidérations d'état; encore faut-il qu'Esculape le
lui conseille.

Ma condition, continuoit la premiere, est pire
que tout cela ; car non seulement mon mari me
prive des caresses qui me sont dues, mais il en
fait part à d'autres personnes. Si votre époux a
une douzaine de médecins à l'entour de lui, je
puis dire que le mien a deux fois autant de maî=
tresses, qui toutes, graces à Lucine, ont le don

de fécondité. La famille royale est tantôt si am=
ple qu'il y auroit de quoi faire une colonie très
considérable.

C'est ainsi que nos envieuses se confirmoient
dans leur mécontentement et dans leur des=
sein.

Un mois étoit à peine écoulé qu'elles propo=
serent un second voyage. Les parents l'approu=
verent fort : les maris ne le désapprouverent
pas ; c'étoit autant de temps passé sans leurs
femmes. Elles partent donc, laissent leur train
à l'entrée du bois, arrivent au pied du rocher
sans obstacle et sans dragons. Le Zéphyre ne
parut point, et ne laissa pas de les enlever.

> Ce méchant couple amenoit avec lui
> La curieuse et misérable envie,
> Pâle démon que le bonheur d'autrui
> Nourrit de fiel et de mélancolie.

Cela ne les rendit pas plus pesantes : au con=
traire, la maigreur étant inséparable de l'envie,
la charge n'en fut que moindre, et elles se trou=

verent en peu d'heures dans le palais de leur
sœur. On les y reçut si bien que leur déplaisir
en augmenta de moitié.

Psyché, s'entretenant avec elles, ne se souvint
pas de la maniere dont elle leur avoit peint son
mari la premiere fois ; et, par un défaut de mé=
moire où tombent ordinairement ceux qui ne
disent pas la vérité, elle le fit de moitié plus
jeune, d'une beauté délicate, et non plus un
Mars, mais un Adonis qui ne feroit que sortir
de page.

Les sœurs, étonnées de ces contradictions,
ne surent d'abord qu'en juger. Tantôt elles soup=
çonnoient leur sœur de se railler d'elles, tantôt
de leur déguiser les défauts de son mari. À la
fin elles la tournerent de tant de côtés, que la
pauvre épouse avoua la chose comme elle étoit.
Ce fut aussitôt de lui glisser leur venin, mais
d'une maniere que Psyché ne s'en pût apper=
cevoir. Toute honnête femme, lui dirent-elles,
se doit contenter du mari que les Dieux lui ont

donné, quel qu'il puisse être, et ne pas péné=
trer plus avant qu'il ne plaît à ce mari. Si c'étoit
toutefois un monstre que vous eussiez épousé,
nous vous plaindrions; d'autant plus que vous
pouvez en devenir grosse : et quel déplaisir de
mettre au jour des enfants que le jour n'é=
claire qu'avec horreur, et qui vous font rougir
vous et la nature! Hélas! dit la Belle avec un
soupir, je n'avois pas encore fait de réflexion
là-dessus. Ses sœurs, lui ayant allégué de mé=
chantes raisons pour ne s'en pas soucier, se sé=
parerent un peu d'elle, afin de laisser agir leur
venin.

Quand Psyché fut seule, toutes ses craintes,
tous ses soupçons lui revinrent dans la pensée.
Ah! mes sœurs, s'écria-t-elle, en quelle peine
vous m'avez mise! Les personnes riches souhai=
tent d'avoir des enfants : moi qui ne suis entou=
rée que de pierreries, il faut que je fasse des vœux
au contraire. C'est être bien malheureuse, que
de posséder tant de trésors et appréhender la fé=

condité! Elle demeura quelque temps comme
ensevelie dans cette pensée, puis recommença
avec plus de véhémence qu'auparavant. Quoi!
Psyché peuplera de monstres tout l'univers!
Psyché à qui l'on a dit tant de fois qu'elle le peu=
pleroit d'Amours et de Graces! non, non; je
mourrai plutôt que de m'exposer davantage à
un tel hasard. En arrive ce qui pourra, je veux
m'éclaircir; et si je trouve que mon mari soit tel
que je l'appréhende, il peut bien se pourvoir
de femme; je ne voudrois pas l'être un seul mo=
ment du plus riche monstre de la nature.

Nos deux furies, qui ne s'étoient pas tant éloi=
gnées qu'elles ne pussent voir l'effet du poison,
entendirent plus d'à demi ces paroles, et se rap=
prochèrent. Psyché leur déclara naïvement la
résolution qu'elle avoit prise. Pour fortifier ce
sentiment, les deux sœurs le combattirent; et,
non contentes de le combattre, elles firent en=
core mille façons propres à augmenter la curio=
sité et l'inquiétude : elles se parloient à l'oreille,

haussoient les épaules, jetoient des regards de
pitié sur leur sœur.

La pauvre épouse ne put résister à tout cela.
Elle les pressa à la fin d'une telle sorte, qu'après
un nombre infini de précautions elles lui dirent
tout bas :

Nous voulons bien vous avertir que nous
avons vu sur le point du jour un dragon dans
l'air. Il voloit avec assez de peine, appuyé sur le
Zéphyre, qui voloit aussi à côté de lui. Le Zé=
phyre l'a soutenu jusqu'à l'entrée d'une caverne
effroyable. Là le dragon l'a congédié et s'est
étendu sur le sable. Comme nous n'étions pas
loin, nous l'avons vu se repaître de toutes sortes
d'insectes : vous savez que les avenues de ce pa=
lais en fourmillent. Après ce repas et un siffle=
ment, il s'est traîné sur le ventre dans la caverne.
Nous qui étions étonnées et toutes tremblan=
tes, nous nous sommes éloignées de cet endroit
avec le moins de bruit que nous avons pu, et
avons fait le tour du rocher, de peur que le

dragon ne nous entendît lorsque nous vous ap=
pellerions. Nous vous avons même appelée moins
haut que nous n'avions fait à la précédente vi=
site. Aux premiers accents de notre voix, une
douce haleine est venue nous enlever, sans que
le Zéphyre ait paru.

C'étoit mensonge que tout cela ; cependant
Psyché y ajouta foi : les personnes qui sont en
peine croient volontiers ce qu'elles appréhen=
dent. De ce moment-là notre héroïne cessa de
goûter sa béatitude, et n'eut en l'esprit qu'un
dragon imaginaire dont la pensée ne la quitta
point. C'étoit à son compte ce digne époux que
les Dieux lui avoient donné, avec qui elle avoit
eu des conversations si touchantes, passé des
heures si agréables, goûté de si doux plaisirs.
Elle ne trouvoit plus étrange qu'il appréhendât
d'être vu ; c'étoit judicieusement fait à lui.

Il y avoit pourtant des moments où notre hé=
roïne doutoit. Les paroles de l'oracle ne lui sem=
bloient nullement convenir à la peinture de ce

dragon. Mais voici comme elle accordoit l'un et l'autre. Mon mari est un démon, ou bien un ma= gicien qui se fait tantôt dragon, tantôt loup, tantôt empoisonneur et incendiaire, mais tou= jours monstre. Il me fascine les yeux, et me fait accroire que je suis dans un palais, servie par des Nymphes, environnée de magnificence, que j'entends des musiques, que je vois des comé= dies; et tout cela, songe : il n'y a rien de réel, sinon que je couche aux côtés d'un monstre ou de quelque magicien; l'un ne vaut pas mieux que l'autre.

Le désespoir de Psyché passa si avant que ses sœurs eurent tout sujet d'en être contentes; ce que ces misérables femmes se garderent bien de témoigner. Au contraire, elles firent les affli= gées : elles prirent même à tâche de consoler leur cadette, c'est-à-dire de l'attrister encore da= vantage, et lui faire voir que, puisqu'elle avoit besoin qu'on la consolât, elle étoit véritable= ment malheureuse.

Notre héroïne, ingénieuse à se tourmenter,
fit ce qu'elle put pour les satisfaire. Mille pen=
sées lui vinrent en l'esprit, et autant de ré=
solutions différentes , dont la moins funeste
étoit d'avancer ses jours sans essayer de voir son
mari. Je m'en irai, disoit-elle, parmi les morts,
avec cette satisfaction que de m'être fait violence
pour lui complaire. La curiosité fut toutefois la
plus forte, outre le dépit d'avoir servi aux plai=
sirs d'un monstre. Comment se montrer après
cela? Il falloit sortir du monde; mais il en fal=
loit sortir par une voie honorable : c'étoit de tuer
celui qui se trouveroit avoir abusé de sa beauté ,
et se tuer elle-même après.

Psyché ne se put rien imaginer de plus à pro=
pos ni de plus expédient; elle en demeura donc
là. Il ne restoit plus que de trouver les moyens
de l'exécuter; c'est où la difficulté consistoit : car
premièrement, de voir son mari , il ne se pou=
voit; on emportoit les flambeaux dès qu'elle étoit
dans le lit : de le tuer, encore moins; il n'y avoit

n

en ce séjour bienheureux, ni poison, ni poi=
gnard, ni autre instrument de vengeance et de
désespoir. Nos envieuses y pourvurent, et pro=
mirent à la pauvre épouse de lui apporter au
plutôt une lampe et un poignard : elle cacheroit
l'un et l'autre jusqu'à l'heure que le sommeil se
rendoit maître de ce palais, et tenoit charmés
le monstre et les Nymphes ; car c'étoit un des
plaisirs de ce beau séjour que de bien dormir.
Dans ce dessein les deux sœurs partirent.

Pendant leur absence, Psyché eut grand soin
de s'affliger, et encore plus grand soin de dissi=
muler son affliction. Tous les artifices dont les
femmes ont coutume de se servir quand elles veu=
lent tromper leurs maris furent employés par la
Belle : ce n'étoient qu'embrassements et caresses,
complaisances perpétuelles, protestations et ser=
ments de ne point aller contre le vouloir de son
cher époux : on n'y omit rien, non seulement
envers le mari, mais envers les Nymphes ; les
plus clairvoyantes y furent trompées. Que si elle

se trouvoit seule, l'inquiétude la reprenoit. Tan=
tôt elle avoit peine à s'imaginer qu'un mari qu'à
toutes sortes de marques elle avoit sujet de croire
jeune et bien fait, qui avoit la peau et l'humeur
si douces, le ton de voix si agréable, la conver=
sation si charmante; qu'un mari qui aimoit sa
femme et qui la traitoit comme une maîtresse;
qu'un mari, dis-je, qui étoit servi par des Nym=
phes, et qui traînoit à sa suite tous les plaisirs,
fût quelque magicien ou quelque dragon. Ce que
la Belle avoit trouvé si délicieux au toucher, et
si digne de ses baisers, étoit donc la peau d'un
serpent! jamais femme s'étoit-elle trompée de la
sorte? D'autres fois elle se remettoit en mémoire
la pompe funebre qui avoit servi de cérémonie
à son mariage, les horribles hôtes de ce rocher,
sur-tout le dragon qu'avoient vu ses sœurs, et
qui, étant soutenu par le Zéphyre, ne pou=
voit être autre que son mari. Cette derniere
pensée l'emportoit toujours sur les autres; soit
par une fatalité particuliere, soit à cause que

c'étoit la pire , et que notre esprit va naturel=
lement là.

Au bout de cinq ou six jours les deux sœurs
revinrent. Elles s'étoient abandonnées dans les
airs comme si elles eussent voulu se laisser tom=
ber. Un souffle agréable les avoit incontinent
enlevées et portées au sommet du roc. Psyché
leur demanda dès l'abord où étoient la lampe et
le poignard.

Les voici, dit ce couple; et nous vous assurons
  De la clarté que fait la lampe.
  Pour le poignard, il est des bons,
  Bien affilé, de bonne trempe.
Comme nous vous aimons, et ne négligeons rien
  Quand il s'agit de votre bien,
Nous avons eu le soin d'empoisonner la lame :
  Tenez-vous sûre de ses coups;
  C'est fait du monstre votre époux,
  Pour peu que ce poignard l'entame.
  À ces mots un trait de pitié
  Toucha le cœur de notre Belle :
  Je vous rends graces, leur dit-elle,
  De tant de marques d'amitié.

Psyché leur dit ces paroles assez froidement;
ce qui leur fit craindre qu'elle n'eût changé d'a=
vis : mais elles reconnurent bientôt que l'esprit
de leur cadette étoit toujours dans la même as=
siette , et que ce sentiment de pitié , dont elle
n'avoit pas été la maîtresse , étoit ordinaire à
ceux qui sont sur le point de faire du mal à quel=
qu'un.

Quand nos deux furies eurent mis leur sœur
en train de se perdre, elles la quitterent, et ne
firent pas long séjour aux environs de cette mon=
tagne.

Le mari vint sur le soir, avec une mélancolie
extraordinaire , et qui lui devoit être un pres=
sentiment de ce qui se préparoit contre lui : mais
les caresses de sa femme le rassurerent. Il se
coucha donc, et s'abandonna au sommeil aus=
sitôt qu'il fut couché.

Voilà Psyché bien embarrassée : comme on
ne connoît l'importance d'une action que quand
on est près de l'exécuter, elle envisagea la sienne

dans ce moment-là avec ses suites les plus fâ=
cheuses, et se trouva combattue de je ne sais
combien de passions aussi contraires que vio=
lentes. L'appréhension, le dépit, la pitié, la co=
lere, et le désespoir, la curiosité principalement,
tout ce qui porte à commettre quelque forfait,
et tout ce qui en détourne, s'empara du cœur
de notre héroïne, et en fit la scene de cent agi=
tations différentes; chaque passion le tiroit à
soi. Il fallut pourtant se déterminer. Ce fut en
faveur de la curiosité que la Belle se déclara;
car pour la colere, il lui fut impossible de l'é=
couter quand elle songea qu'elle alloit tuer son
mari. On n'en vient jamais à une telle extrémité
sans de grands scrupules, et sans avoir beau=
coup à combattre. Qu'on fasse telle mine que
l'on voudra, qu'on se querelle, qu'on se sépare,
qu'on proteste de se haïr, il reste toujours un
levain d'amour entre deux personnes qui ont été
unies si étroitement.

Ces difficultés arrêterent la pauvre épouse

quelque peu de temps. Elle les franchit à la fin,
se leva sans bruit, prit le poignard et la lampe
qu'elle avoit cachés, s'en alla le plus doucement
qu'il lui fut possible vers l'endroit du lit où le
monstre s'étoit couché, avançant un pied, puis
un autre, et prenant bien garde à les poser par
mesure, comme si elle eût marché sur des poin=
tes de diamants. Elle retenoit jusqu'à son ha=
leine, et craignoit presque que ses pensées ne
la décelassent. Il s'en fallut peu qu'elle ne priât
son ombre de ne point faire de bruit en l'accom=
pagnant.

> À pas tremblants et suspendus
> Elle arrive enfin où repose
> Son époux aux bras étendus,
> Époux plus beau qu'aucune chose;
> C'étoit aussi l'Amour : son teint, par sa fraîcheur,
> Par son éclat, par sa blancheur,
> Rendoit le lis jaloux, faisoit honte à la rose.
> Avant que de parler du teint,
> Je devois vous avoir dépeint,
> Pour aller par ordre en l'affaire,

La posture du Dieu. Son col étoit penché ;
C'est ainsi que le Somme en sa grotte est couché ;
Ce qu'il ne falloit pas vous taire.
Ses bras à demi nus étaloient des appas,
Non d'un Hercule ou d'un Atlas,
D'un Pan, d'un Sylvain ou d'un Faune,
Ni même ceux d'une Amazone ;
Mais ceux d'une Vénus à l'âge de vingt ans.
Ses cheveux épars et flottants,
Et que les mains de la Nature
Avoient frisés à l'aventure,
Celles de Flore parfumés,
Cachoient quelques attraits dignes d'être estimés ;
Mais Psyché n'en étoit qu'à prendre plus facile,
Car pour un qu'ils cachoient elle en soupçonnoit mille ;
Leurs anneaux, leurs boucles, leurs nœuds,
Tour-à-tour de Psyché reçurent tous des vœux ;
Chacun eut à part son hommage.
Une chose nuisit pourtant à ces cheveux ;
Ce fut la beauté du visage.
Que vous en dirai-je? et comment
En parler assez dignement?
Suppléez à mon impuissance ;
Je ne vous aurois d'aujourd'hui
Dépeint les beautés de celui

Qui des beautés a l'intendance.
Que dirois-je des traits où les Ris sont logés ?
De ceux que les Amours ont entre eux partagés ?
    Des yeux aux brillantes merveilles,
    Qui sont les portes du desir ;
    Et sur-tout des lèvres vermeilles,
    Qui sont les sources du plaisir ?

Psyché demeura comme transportée à l'aspect de son époux. Dès l'abord elle jugea bien que c'étoit l'Amour ; car quel autre Dieu lui auroit paru si agréable ?

Ce que la beauté, la jeunesse, le divin charme qui communique à ces choses le don de plaire ; ce qu'une personne faite à plaisir peut causer aux yeux de volupté, et de ravissement à l'esprit ; Cupidon en ce moment-la le fit sentir à notre héroïne. Il dormoit à la maniere d'un Dieu, c'est-à-dire profondément, penché nonchalamment sur un oreiller, un bras sur sa tête, l'autre bras tombant sur les bords du lit, couvert à demi d'un voile de gaze, ainsi que sa mere en use, et les Nymphes aussi, et quelquefois les Bergeres,

La joie de Psyché fut grande ; si l'on doit appe=
ler joie ce qui est proprement extase : encore
ce mot est-il foible, et n'exprime pas la moindre
partie du plaisir que reçut la Belle. Elle bénit
mille fois le défaut du sexe, se sut très bon gré
d'être curieuse, bien fâchée de n'avoir pas con=
trevenu dès le premier jour aux défenses qu'on
lui avoit faites et à ses serments. Il n'y avoit pas
d'apparence, selon son sens, qu'il en dût arriver
de mal ; au contraire, cela étoit bien, et justi=
fioit les caresses que jusque-là elle avoit cru faire
à un monstre. La pauvre femme se repentoit de
ne lui en avoir pas fait davantage : elle étoit hon=
teuse de son peu d'amour, toute prête de répa=
rer cette faute si son mari le souhaitoit, quand
même il ne le souhaiteroit pas.

Ce ne fut pas à elle peu de retenue de ne point
jeter et lampe et poignard pour s'abandonner
à son transport. Véritablement le poignard lui
tomba des mains, mais la lampe non, elle en
avoit trop affaire, et n'avoit pas encore vu tout

ce qu'il y avoit à voir. Une telle commodité ne
se rencontroit pas tous les jours, il s'en falloit
donc servir : c'est ce qu'elle fit, sollicitée de faire
cesser son plaisir par son plaisir même. Tantôt
la bouche de son mari lui demandoit un baiser,
et tantôt ses yeux; mais la crainte de l'éveiller
l'arrêtoit tout court. Elle avoit de la peine à croire
ce qu'elle voyoit, se passoit la main sur les yeux,
craignant que ce ne fût songe et illusion; puis
recommençoit à considérer son mari. Dieux im=
mortels! dit-elle en soi-même, est-ce ainsi que
sont faits les monstres? comment donc est fait ce
que l'on appelle Amour? Que tu es heureuse,
Psyché! Ah! divin époux! pourquoi m'as-tu re=
fusé si long-temps la connoissance de ce bon=
heur? craignois-tu que je n'en mourusse de joie?
étoit-ce pour plaire à ta mere ou à quelqu'une
de tes maîtresses? car tu es trop beau pour ne
faire le personnage que de mari. Quoi! je t'ai
voulu tuer! quoi! cette pensée m'est venue! Ô
Dieux! je frémis d'horreur à ce souvenir. Suffi=

soit-il pas, cruelle Psyché, d'exercer ta rage contre toi seule? l'univers n'y eût rien perdu : et sans ton époux que deviendroit-il? Folle que je suis! mon mari est immortel : il n'a pas tenu à moi qu'il ne le fût point.

Après ces réflexions il lui prit envie de regar= der de plus près celui qu'elle n'avoit déja que trop vu. Elle pencha quelque peu l'instrument fatal qui l'avoit jusque-là servie si utilement. Il en tomba sur la cuisse de son époux une goutte d'huile enflammée. La douleur éveilla le Dieu. Il vit la pauvre Psyché qui, toute confuse, tenoit sa lampe; et, ce qui fut de plus malheureux, il vit aussi le poignard tombé près de lui.

Dispensez-moi de vous raconter le reste : vous seriez touchés de trop de pitié au récit que je vous ferois.

Là finit de Psyché le bonheur et la gloire :
Et là votre plaisir pourroit cesser aussi.
Ce n'est pas mon talent d'achever une histoire
Qui se termine ainsi.

Ne laissez pas de continuer, dit Acante, puis=
que vous nous l'avez promis : peut-être aurez=
vous mieux réussi que vous ne croyez. Quand
cela seroit, reprit Polyphile, quelle satisfaction
aurez-vous? vous verrez souffrir une Belle, et en
pleurerez, pour peu que j'y contribue. Eh bien!
repartit Acante, nous pleurerons. Voilà un grand
mal pour nous! les héros de l'antiquité pleuroient
bien. Que cela ne vous empêche pas de continuer.
La compassion a aussi ses charmes qui ne sont
pas moindres que ceux du rire : je tiens même
qu'ils sont plus grands, et crois qu'Ariste est de
mon avis. Soyez si tendre et si émouvant que
vous voudrez, nous ne vous en écouterons tous
deux que plus volontiers.

Et moi, dit Gélaste, que deviendrai-je? Dieu
m'a fait la grace de me donner des oreilles aussi
bien qu'à vous. Quand Polyphile les consulte=
roit, et qu'il ne feroit pas tant le pathétique,
la chose n'en iroit que mieux vu la maniere d'é=
crire qu'il a choisie.

Le sentiment de Gélaste fut approuvé. Et
Ariste, qui s'étoit tû jusque-là, dit en se tour=
nant vers Polyphile : Je voudrois que vous me
pussiez attendrir le cœur par le récit des aven=
tures de votre Belle ; je lui donnerois des larmes
avec le plus grand plaisir du monde. La pitié est
celui des mouvements du discours qui me plaît
le plus : je le préfere de bien loin aux autres. Mais
ne vous contraignez point pour cela : il est bon
de s'accommoder à son sujet ; mais il est encore
meilleur de s'accommoder à son génie. C'est pour=
quoi suivez le conseil que vous a donné Gélaste.

Il faut bien que je le suive, continua Polyphile :
comment ferois-je autrement? J'ai déja mêlé mal=
gré moi de la gaieté parmi les endroits les plus
sérieux de cette histoire ; je ne vous assure pas
que tantôt je n'en mêle aussi parmi les plus tris=
tes. C'est un défaut dont je ne me saurois corri=
ger, quelque peine que j'y apporte.

Défaut pour défaut, dit Gélaste, j'aime beau=
coup mieux qu'on me fasse rire quand je dois

pleurer, que si l'on me faisoit pleurer lorsque
je dois rire. C'est pourquoi, encore une fois,
continuez comme vous avez commencé.

Laissons-lui reprendre haleine auparavant,
dit Acante : le grand chaud étant passé, rien ne
nous empêche de sortir d'ici, et de voir en nous
promenant les endroits les plus agréables de ce
jardin. Bien que nous les ayons vus plusieurs
fois, je ne laisse pas d'en être touché, et crois
qu'Ariste et Polyphile le sont aussi. Quant à Gé=
laste, il aimeroit mieux employer son temps au=
tour de quelque Psyché, que de converser avec des
arbres et des fontaines. On pourra tantôt le sa=
tisfaire : nous nous asseierons sur l'herbe menue
pour écouter Polyphile, et plaindrons les peines
et les infortunes de son héroïne, avec une ten=
dresse d'autant plus grande que la présence de
ces objets nous remplira l'ame d'une douce mé=
lancolie. Quand le Soleil nous verra pleurer, ce
ne sera pas un grand mal : il en voit bien d'au=
tres par l'univers qui en font autant, non pour

le malheur d'autrui, mais pour le leur propre.
Acante fut cru, et on se leva.

Au sortir de cet endroit ils firent cinq ou six
cents pas sans rien dire. Gélaste, ennuyé de ce
long silence, l'interrompit, et fronçant un peu
son sourcil : Je vous ai, dit-il, tantôt laissés mettre
le plaisir du rire après celui de pleurer ; trouve=
rez-vous bon que je vous guérisse de cette erreur?
Vous savez que le rire est ami de l'homme, et le
mien particulier ; m'avez-vous cru capable d'a=
bandonner sa défense sans vous contredire le
moins du monde? Hélas! non, repartit Acante ;
car quand il n'y auroit que le plaisir de contre=
dire, vous le trouvez assez grand pour nous en=
gager en une très longue et très opiniâtre dis=
pute.

Ces paroles, à quoi Gélaste ne s'attendoit point,
et qui firent faire un petit éclat de risée, l'inter=
dirent un peu. Il en revint aussitôt. Vous croyez,
dit-il, vous sauver par-là ; c'est l'ordinaire de ceux
qui ont tort, et qui connoissent leur foible, de

chercher des fuites : mais évitez tant que vous
voudrez le combat, si faut-il que vous m'avouiez
que votre proposition est absurde, et qu'il vaut
mieux rire que pleurer.

À le prendre en général comme vous faites,
poursuivit Ariste, cela est vrai ; mais vous falsi=
fiez notre texte. Nous vous disons seulement que
la pitié est celui des mouvements du discours
que nous tenons le plus noble, le plus excellent,
si vous voulez ; je passe encore outre, et le main=
tiens le plus agréable : voyez la hardiesse de ce
paradoxe.

Ô Dieux immortels ! s'écria Gélaste, y a-t-il
des gens assez fous au monde pour soutenir une
opinion si extravagante ? Je ne dis pas que So=
phocle et Euripide ne me divertissent davantage
que quantité de faiseurs de comédies : mais met=
tez les choses en pareil degré d'excellence, quit=
terez-vous le plaisir de voir attraper deux vieil=
lards par un drôle comme Phormion, pour aller
pleurer avec la famille du roi Priam ? Oui, en=

core un coup, je le quitterai, dit Ariste. Et vous
aimerez mieux, ajouta Gélaste, écouter Sylvan=
dre faisant des plaintes, que d'entendre Hylas
entretenant agréablement ses maîtresses? C'est
un autre point, poursuivit Ariste; mettez les
choses, comme vous dites, en pareil degré d'ex=
cellence, je vous répondrai là-dessus : Sylvandre,
après tout, pourroit faire de telles plaintes, que
vous les préféreriez vous-même aux bons mots
d'Hylas.

Aux bons mots d'Hylas! repartit Gélaste; pen=
sez-vous bien à ce que vous dites? savez-vous
quel homme c'est que l'Hylas de qui nous par=
lons? C'est le véritable héros d'Astrée : c'est un
homme plus nécessaire dans le roman qu'une
douzaine de Céladons. Avec cela, dit Ariste,
s'il y en avoit deux ils vous ennuieroient; et les
autres, en quelque nombre qu'ils soient, ne vous
ennuient point. Mais nous ne faisons qu'insister
l'un et l'autre pour notre avis, sans en apporter
d'autre fondement que notre avis même. Ce n'est

pas là le moyen de terminer la dispute, ni de dé=
couvrir qui a tort ou qui a raison.

Cela me fait souvenir, dit Acante, de cer=
taines gens dont les disputes se passent entieres
à nier et à soutenir, et point d'autre preuve.
Vous en allez avoir une pareille si vous ne vous
y prenez d'autre sorte.

C'est à quoi il faut remédier, dit Ariste : cette
matiere en vaut bien la peine, et nous peut four=
nir beaucoup de choses dignes d'être examinées.
Mais, comme elles mériteroient plus de temps
que nous n'en avons, je suis d'avis de ne toucher
que le principal, et qu'après nous réduisions la
dispute au jugement qu'on doit faire de l'ou=
vrage de Polyphile, afin de ne pas sortir entière=
ment du sujet pour lequel nous nous rencon=
trons ici. Voyons seulement qui établira le pre=
mier son opinion. Comme Gélaste est l'agres=
seur, il seroit juste que ce fût lui. Néanmoins je
commencerai s'il le veut.

Non, non, dit Gélaste, je ne veux point qu'on

m'accorde de privilege. Vous n'êtes pas assez
fort pour donner de l'avantage à votre ennemi.
Je vous soutiens donc que, les choses étant éga=
les, la plus saine partie du monde préférera tou=
jours la comédie à la tragédie. Que dis-je, la
plus saine partie du monde? mais tout le monde.
Je vous demande où le goût universel d'aujour=
d'hui se porte. La cour, les dames, les cavaliers,
les savants, le peuple, tout demande la comédie,
point de plaisir que la comédie. Aussi voyons=
nous qu'on se sert indifféremment de ce mot de
comédie pour qualifier tous les divertissements
du théâtre : on n'a jamais dit Les tragédiens, ni
Allons à la tragédie.

Vous en savez mieux que moi la véritable
raison, dit Ariste, et que cela vient du mot de
bourgade, en grec. Comme cette érudition se=
roit longue, et qu'aucun de nous ne l'ignore, je
la laisse à part, et m'arrêterai seulement à ce
que vous dites. Parceque le mot de comédie est
pris abusivement pour toutes les especes du dra=

matique, la comédie est préférable à la tragé=
die : n'est-ce pas là bien conclure? Cela fait voir
seulement que la comédie est plus commune;
et parcequ'elle est plus commune, je pourrois
dire qu'elle touche moins les esprits.

Voilà bien conclure à votre tour, répliqua
Gélaste : le diamant est plus commun que cer=
taines pierres; donc le diamant touche moins
les yeux. Hé! mon ami, ne voyez-vous pas qu'on
ne se lasse jamais de rire? on peut se lasser du
jeu, de la bonne chere, des dames; mais de rire,
point. Avez-vous entendu dire à qui que ce soit:
Il y a huit jours entiers que nous rions, je vous
prie, pleurons aujourd'hui?

Vous sortez toujours, dit Ariste, de notre
these, et apportez des raisons si triviales que
j'en ai honte pour vous.

Voyez un peu l'homme difficile! reprit Gé=
laste : et vraiment, puisque vous voulez que je
discoure de la comédie et du rire en philosophe
platonicien, j'y consens; faites-moi seulement

la grace de m'écouter. Le plaisir dont nous de=
vons faire le plus de cas est toujours celui qui
convient le mieux à notre nature; car c'est s'u=
nir à soi-même que de le goûter. Or y a-t-il rien
qui nous convienne mieux que le rire? Il n'est
pas moins naturel à l'homme que la raison; il
lui est même particulier; vous ne trouverez au=
cun animal qui rie, et en rencontrerez quelques
uns qui pleurent. Je vous défie, tout sensible
que vous êtes, de jeter des larmes aussi grosses
que celles d'un cerf qui est aux abois, ou du che=
val de ce pauvre prince dont on voit la pompe
funebre dans l'onzieme livre de l'Énéide. Tom=
bez d'accord de ces vérités; je vous laisserai
après pleurer tant qu'il vous plaira : vous tien=
drez compagnie au cheval du pauvre Pallas, et
moi je rirai avec tous les hommes.

La conclusion de Gélaste fit rire ses trois amis,
Ariste comme les autres : après quoi celui-ci dit :
Je vous nie vos deux propositions, aussi bien la
seconde que la premiere. Quelque opinion qu'ait

eue l'école jusqu'à présent, je ne conviens pas
avec elle que le rire appartienne à l'homme pri=
vativement au reste des animaux. Il faudroit
entendre la langue de ces derniers pour con=
noître qu'ils ne rient point. Je les tiens sujets à
toutes nos passions : il n'y a pour ce point-là de
différence entre nous et eux que du plus au
moins, et en la maniere de s'exprimer. Quant à
votre premiere proposition, tant s'en faut que
nous devions toujours courir après les plaisirs
qui nous sont les plus naturels et que nous
avons le plus à commandement, que ce n'est
pas même un plaisir de posséder une chose très
commune. De là vient que dans Platon l'Amour
est fils de la Pauvreté, voulant dire que nous
n'avons de passion que pour les choses qui nous
manquent, et dont nous sommes nécessiteux.
Ainsi le rire, qui nous est, à ce que vous dites,
si familier, sera dans la scene le plaisir des la=
quais et du menu peuple, le pleurer celui des
honnêtes gens.

Vous poussez la chose un peu trop loin, dit Acante, je ne tiens pas que le rire soit interdit aux honnêtes gens. Je ne le tiens pas non plus, reprit Ariste. Ce que je dis n'est que pour payer Gélaste de sa monnoie. Vous savez combien nous avons ri en lisant Térence, et combien je ris en voyant les Italiens : je laisse à la porte ma raison et mon argent, et je ris après tout mon soul. Mais que les belles tragédies ne nous don= nent une volupté plus grande que celle qui vient du comique, Gélaste ne le niera pas lui-même s'il y veut faire réflexion.

Il faudroit, repartit froidement Gélaste, con= damner à une très grosse amende ceux qui font ces tragédies dont vous nous parlez. Vous allez là pour vous réjouir, et vous y trouvez un homme qui pleure auprès d'un autre homme, et cet autre auprès d'un autre, et tous ensemble avec la comédienne qui représente Androma= que, et la comédienne avec le poëte : c'est une chaîne de gens qui pleurent, comme dit votre

Platon. Est-ce ainsi que l'on doit contenter ceux qui vont là pour se réjouir?

Ne dites point qu'ils y vont pour se réjouir, reprit Ariste; dites qu'ils y vont pour se divertir. Or je vous soutiens, avec le même Platon, qu'il n'y a divertissement égal à la tragédie, ni qui mene plus les esprits où il plaît au poëte. Le mot dont se sert Platon fait que je me figure le même poëte se rendant maître de tout un peu= ple, et faisant aller les ames comme des trou= peaux, et comme s'il avoit en ses mains la ba= guette du Dieu Mercure. Je vous soutiens, dis= je, que les maux d'autrui nous divertissent; c'est= à-dire qu'ils nous attachent l'esprit.

Ils peuvent attacher le vôtre agréablement, poursuivit Gélaste, mais non pas le mien. En vérité je vous trouve de mauvais goût. Il vous suffit que l'on vous attache l'esprit; que ce soit avec des charmes agréables ou non, avec les ser= pents de Tisiphone, il ne vous importe. Quand vous me feriez passer l'effet de la tragédie pour une espece d'enchantement, cela feroit-il que l'effet de la comédie n'en fût un aussi? Ces deux choses étant égales, serez-vous si fou que de préférer la premiere à l'autre?

Mais vous-même, reprit Ariste, osez-vous mettre en comparaison le plaisir du rire avec la pitié; la pitié, qui est un ravissement, une extase? Et comment ne le seroit-elle pas, si les larmes que nous versons pour nos propres maux sont, au sentiment d'Homere, non pas tout-à-fait au mien, si les larmes, dis-je, sont, au sentiment de ce divin poëte, une espèce de volupté? Car en cet endroit où il fait pleurer Achille et Priam, l'un du souvenir de Patrocle, l'autre de la mort du dernier de ses enfants, il dit qu'ils se soulent de ce plaisir; il les fait jouir du pleurer comme si c'étoit quelque chose de délicieux.

Le Ciel vous veuille envoyer beaucoup de jouis= sances pareilles! reprit Gélaste; je n'en serai nul= lement jaloux. Ces extases de la pitié n'accom= modent pas un homme de mon humeur. Le rire

a pour moi quelque chose de plus vif et de plus
sensible : enfin le rire me rit davantage. Toute
la nature est en cela de mon avis. Allez-vous-en
à la cour de Cythérée, vous y trouverez des Ris,
et jamais de Pleurs.

Nous voici déja retombés, dit Ariste, dans ces
raisons qui n'ont aucune solidité : vous êtes le
plus frivole défenseur de la comédie que j'aie vu
depuis long-temps.

Et nous voici retombés dans le platonisme,
répliqua Gélaste : demeurons-y donc, puisque
cela vous plaît tant. Je m'en vais vous dire quel=
que chose d'essentiel contre le pleurer, et veux
vous convaincre par ce même endroit d'Homere
dont vous avez fait votre capital. Quand Achille
a pleuré son soul (par parenthese, je crois qu'A=
chille ne rioit pas de moins bon courage ; tout
ce que font les héros, ils le font dans le suprême
degré de perfection) ; lorsqu'Achille, dis-je, s'est
rassasié de ce beau plaisir de verser des larmes,
il dit à Priam : Vieillard, tu es misérable : telle

est la condition des mortels, ils passent leur vie dans les pleurs. Les Dieux seuls sont exempts de mal, et vivent là-haut à leur aise, sans rien souf= frir. Que répondrez-vous à cela?

Je répondrai, dit Ariste, que les mortels sont mortels quand ils pleurent de leurs douleurs; mais quand ils pleurent des douleurs d'autrui, ce sont proprement des Dieux.

Les Dieux ne pleurent ni d'une façon ni d'une autre, reprit Gélaste: pour le rire, c'est leur par= tage. Qu'il ne soit ainsi: Homere dit en un autre endroit que quand les bienheureux Immortels virent Vulcain qui boitoit dans leur maison, il leur prit un rire inextinguible. Par ce mot d'inex= tinguible vous voyez qu'on ne peut trop rire ni trop long-temps; par celui de bienheureux, que la béatitude consiste au rire.

Par ces deux mots que vous dites, reprit Ariste, je vois qu'Homere a failli, et ne vois rien au= tre chose. Platon l'en reprend dans son troi= sieme de la République. Il le blâme de donner aux Dieux un rire démesuré, et qui seroit même indigne de personnes tant soit peu considéra= bles.

Pourquoi voulez-vous qu'Homere ait plutôt failli que Platon? répliqua Gélaste. Mais laissons les autorités, et n'écoutons que la raison seule. Nous n'avons qu'à examiner sans prévention la comédie et la tragédie. Il arrive assez souvent que cette derniere ne nous touche point : car le bien ou le mal d'autrui ne nous touche que par rapport à nous-mêmes, et en tant que nous croyons que pareille chose nous peut arriver, l'amour-propre faisant sans cesse que l'on tourne les yeux sur soi. Or comme la tragédie ne nous représente que des aventures extraordinaires, et qui vraisemblablement ne nous arriveront ja= mais, nous n'y prenons point de part, et nous sommes froids, à moins que l'ouvrage ne soit ex= cellent, que le poëte ne nous transforme, que nous ne devenions d'autres hommes par son adresse, et ne nous mettions en la place de quel=

que roi. Alors j'avoue que la tragédie nous tou=
che, mais de crainte, mais de colere, mais de
mouvements funestes, qui nous renvoient au lo=
gis pleins des choses que nous avons vues, et in=
capables de tout plaisir. La comédie, n'employant
que des aventures ordinaires et qui peuvent nous
arriver, nous touche toujours, plus ou moins, se=
lon son degré de perfection. Quand elle est fort
bonne, elle nous fait rire. La tragédie nous atta=
che, si vous voulez; mais la comédie nous amuse
agréablement, et mene les ames aux Champs-Ély=
sées, au lieu que vous les menez dans la demeure
des malheureux. Pour preuve infaillible de ce que
j'avance, prenez garde que, pour effacer les im=
pressions que la tragédie avoit faites en nous, on
lui fait souvent succéder un divertissement co=
mique; mais de celui-ci à l'autre il n'y a point de
retour : ce qui vous fait voir que le suprême de=
gré du plaisir, après quoi il n'y a plus rien, c'est
la comédie. Quand on vous la donne, vous vous
en retournez content et de belle humeur : quand

on ne vous la donne pas, vous vous en retournez
chagrin et rempli de noires idées. C'est ce qu'il
y a à gagner avec les Oreste et les OEdipe, tris=
tes fantômes qu'a évoqués le poëte magicien dont
vous nous avez parlé tantôt. Encore serions-nous
heureux s'ils excitoient le terrible toutes les fois
que l'on nous les fait paroître; cela vaut mieux
que de s'ennuyer: mais où sont les habiles poëtes
qui nous dépeignent ces choses au vif? Je ne veux
pas dire que le dernier soit mort avec Euripide
ou avec Sophocle; je dis seulement qu'il n'y en
a guere. La difficulté n'est pas si grande dans le
comique; il est plus assuré de nous toucher, en
ce que ses incidents sont d'une telle nature que
nous nous les appliquons à nous-mêmes plus
aisément.

Cette fois-là, dit Ariste, voilà des raisons soli=
des et qui méritent qu'on y réponde; il faut y
tâcher. Le même ennui qui nous fait languir
pendant une tragédie où nous ne trouvons que
de médiocres beautés est commun à la comédie

et à tous les ouvrages de l'esprit, particulière=
ment aux vers : je vous le prouverois aisément si
c'étoit la question; mais ne s'agissant que de com=
parer deux choses également bonnes, chacune
selon son genre, et la tragédie, à ce que vous
dites vous-même, devant l'être souverainement,
nous ne devons considérer la comédie que dans
un pareil degré. En ce degré donc vous dites
qu'on peut passer de la tragédie à la comédie;
et de celle-ci à l'autre, jamais. Je vous le con=
fesse; mais je ne tombe pas d'accord de vos consé=
quences ni de la raison que vous apportez. Celle
qui me semble la meilleure est que dans la tra=
gédie nous faisons une grande contention d'ame;
ainsi on nous représente ensuite quelque chose
qui délasse notre cœur et nous remet en l'état
où nous étions avant le spectacle afin que nous
en puissions sortir ainsi que d'un songe. Par
votre propre raisonnement vous voyez déja que
la comédie touche beaucoup moins que la tragé=
die. Il reste à prouver que cette derniere est beau=

coup plus agréable que l'autre. Mais auparavant,
de crainte que la mémoire ne m'en échappe, je
vous dirai qu'il s'en faut bien que la tragédie nous
renvoie chagrins et mal satisfaits, la comédie
tout-à-fait contents et de belle humeur : car si
nous apportons à la tragédie quelque sujet de
tristesse qui nous soit propre, la compassion en
détourne l'effet ailleurs, et nous sommes heu=
reux de répandre pour les maux d'autrui les
larmes que nous gardions pour les nôtres. La
comédie, au contraire, nous faisant laisser notre
mélancolie à la porte, nous la rend lorsque nous
sortons. Il ne s'agit donc que du temps que nous
employons au spectacle, et que nous ne saurions
mieux employer qu'à la pitié. Premièrement,
niez-vous qu'elle soit plus noble que le rire ?

Il y a si long-temps que nous disputons, repar=
tit Gélaste, que je ne vous veux plus rien nier.

Et moi je vous veux prouver quelque chose,
reprit Ariste : je vous veux prouver que la pitié
est le mouvement le plus agréable de tous. Votre

r

erreur provient de ce que vous confondez ce mouvement avec la douleur. Je crains celle-ci encore plus que vous ne faites : quant à l'autre, c'est un plaisir, et très grand plaisir. En voici quelques raisons nécessaires, et qui vous prou= veront par conséquent que la chose est telle que je vous dis. La pitié est un mouvement charita= ble et généreux, une tendresse de cœur dont tout le monde se sait bon gré. Y a-t-il quel= qu'un qui veuille passer pour un homme dur et impénétrable à ses traits? Or, qu'on ne fasse les choses louables avec un très grand plaisir, je m'en rapporte à la satisfaction intérieure des gens de bien; je m'en rapporte à vous-même, et vous demande si c'est une chose louable que de rire. Assurément ce n'en est pas une, non plus que de boire et de manger, ou de prendre quelque plaisir qui ne regarde que notre inté= rêt. Voilà donc déja un plaisir qui se rencontre en la tragédie, et qui ne se rencontre pas en la comédie. Je vous en puis alléguer beaucoup d'au=

tres. Le principal, à mon sens, c'est que nous
nous mettons au-dessus des rois par la pitié
que nous avons d'eux, et devenons dieux à leur
égard, contemplant d'un lieu tranquille leurs
embarras, leurs afflictions, leurs malheurs;
ni plus ni·moins que les dieux considerent de
l'Olympe les misérables mortels. La tragédie a
encore cela au-dessus de la comédie, que le
style dont elle se sert est sublime; et les beautés
du sublime, si nous en croyons Longin et la
vérité, sont bien plus grandes et ont tout un
autre effet que celles du médiocre. Elles enlevent
l'ame, et se font sentir à tout le monde avec la
soudaineté des éclairs. Les traits comiques, tout
beaux qu'ils sont, n'ont ni la douceur de ce
charme ni sa puissance. Il est de ceci comme
d'une Beauté excellente, et d'une autre qui a des
graces : celle-ci plaît, mais l'autre ravit. Voilà
proprement la différence que l'on doit mettre
entre la pitié et le rire. Je vous apporterois plus
de raisons que vous n'en souhaiteriez, s'il n'étoit

temps de terminer la dispute. Nous sommes ve=
nus pour écouter Polyphile ; c'est lui cependant
qui nous écoute avec beaucoup de silence et d'at=
tention, comme vous voyez.

Je veux bien ne pas répliquer, dit Gélaste,
et avoir cette complaisance pour lui : mais ce
sera à condition que vous ne prétendrez pas
m'avoir convaincu ; sinon continuons la dis=
pute.

Vous ne me ferez point en cela de tort, reprit
Polyphile, mais vous en ferez peut-être à Acante,
qui meurt d'envie de vous faire remarquer les
merveilles de ce jardin.

Acante ne s'en défendit pas trop. Il répondit
toutefois à l'honnêteté de Polyphile ; mais en
même temps il ne laissa pas de s'écarter. Ses trois
amis le suivirent. Ils s'arrêterent long-temps à
l'endroit qu'on appelle le fer-à-cheval, ne se pou=
vant lasser d'admirer cette longue suite de beau=
tés toutes différentes qu'on découvre du haut des
rampes.

Là, dans des chars dorés, le prince avec sa cour
Va goûter la fraîcheur sur le déclin du jour.
L'un et l'autre Soleil, unique en son espece,
Étale aux regardants sa pompe et sa richesse.
Phébus brille à l'envi du monarque françois;
On ne sait bien souvent à qui donner sa voix :
Tous deux sont pleins d'éclat et rayonnants de gloire.
Ah! si j'étois aidé des filles de mémoire,
De quels traits j'ornerois cette comparaison!
Versailles, ce seroit le palais d'Apollon :
Les Belles de la cour passeroient pour les Heures.
Mais peignons seulement ces charmantes demeures.

En face d'un parterre au palais opposé
Est un amphithéâtre en rampes divisé :
La descente en est douce, et presque imperceptible;
Elles vont vers leur fin d'une pente insensible.
D'arbrisseaux toujours verds les bords en sont ornés.
Le myrte, par qui sont les amants couronnés,
Y range son feuillage en globe, en pyramide;
Tel jadis le tailloient les ministres d'Armide:
Au haut de chaque rampe un sphinx aux larges flancs
Se laisse entortiller de fleurs par des enfants.
Il se joue avec eux, leur rit à sa maniere,
Et ne se souvient plus de son humeur si fiere.
Au bas de ce degré Latone et ses jumeaux

De gens durs et grossiers font de vils animaux,
Les changent avec l'eau que sur eux ils répandent.
Déja les doigts de l'un en nageoires s'étendent;
L'autre en le regardant est métamorphosé :
De l'insecte et de l'homme un autre est composé :
Son épouse le plaint d'une voix de grenouille;
Le corps est femme encor. Tel lui-même se mouille,
Se lave, et plus il croit effacer tous ces traits,
Plus l'onde contribue à les rendre parfaits.
La scene est un bassin d'une vaste étendue.
Sur les bords cette engeance insecte devenue
Tâche de lancer l'eau contre les déités.
À l'entour de ce lieu, pour comble de beautés,
Une troupe immobile et sans pieds se repose,
Nymphes, Héros, et Dieux de la métamorphose,
Termes, de qui le sort sembleroit ennuyeux
S'ils n'étoient enchantés par l'aspect de ces lieux.
Deux parterres ensuite entretiennent la vue.
Tous deux ont leurs fleurons d'herbe tendre et menue;
Tous deux ont un bassin qui lance ses trésors,
Dans le centre en aigrette, en arcs le long des bords.
L'onde sort du gosier de différents reptiles.
Là sifflent les lézards, germains des crocodiles;
Et là mainte tortue apportant sa maison
Alonge en vain le cou pour sortir de prison.

Enfin par une allée aussi large que belle
On descend vers deux mers d'une forme nouvelle.
L'une est un rond à pans, l'autre est un long canal,
Miroirs où l'on n'a point épargné le crystal.
Au milieu du premier, Phebus sortant de l'onde
A quitté de Thétis la demeure profonde.
En rayons infinis l'eau sort de son flambeau :
On voit presque en vapeur se résoudre cette eau.
Telle la chaux exhale une blanche fumée.
D'atomes de crystal une nue est formée :
Et lorsque le Soleil se trouve vis-à-vis,
Son éclat l'enrichit des couleurs de l'Iris.
Les coursiers de ce dieu commençant leur carriere
À peine ont hors de l'eau la croupe toute entiere :
Cependant on les voit impatients du frein ;
Ils forment la rosée en secouant leur crin.
Phébus quitte à regret ces humides demeures :
Il se plaint à Thétis de la hâte des Heures.
Elles poussent son char par leurs mains préparé,
Et disent que le Somme en sa grotte est rentré.
Cette figure à pans d'une place est suivie.
Mainte allée en étoile à son centre aboutie
Mene aux extrémités de ce vaste pourpris.
De tant d'objets divers les regards sont surpris.
Par sentiers alignés l'œil va de part et d'autre :

Tout chemin est allée aux royaumes du Nostre.
Muses, n'oublions pas à parler du canal :
Cherchons des mots choisis pour peindre son crystal ;
Qu'il soit pur, transparent, que cette onde argentée
Loge en son moite sein la blanche Galathée.
Jamais on n'a trouvé ses rives sans Zéphyrs.
Flore s'y rafraichit au vent de leurs soupirs.
Les Nymphes d'alentour souvent dans les nuits sombres
S'y vont baigner en troupe à la faveur des ombres.
Les lieux que j'ai dépeints, le canal, le rond-d'eau,
Parterres d'un dessein agréable et nouveau,
Amphithéâtres, jets, tous au palais répondent,
Sans que de tant d'objets les beautés se confondent.
Heureux ceux de qui l'art a ces traits inventés !
On ne connoissoit point autrefois ces beautés.
Tous parcs étoient vergers du temps de nos ancêtres ;
Tous vergers sont faits parcs : le savoir de ces maîtres
Change en jardins royaux ceux des simples bourgeois,
Comme en jardins de Dieux il change ceux des rois.
Que ce qu'ils ont planté dure mille ans encore :
Tant qu'on aura des yeux, tant qu'on chérira Flore,
Les Nymphes des jardins loueront incessamment
Cet art qui les savoit loger si richement.

Polyphile et ensuite ses trois amis prirent là=

dessus occasion de parler de l'intelligence qui
est l'ame de ces merveilles, et qui fait agir tant
de mains savantes pour la satisfaction du mo=
narque. Je ne rapporterai point les louanges
qu'on lui donna ; elles furent grandes, et par
conséquent ne lui plairoient pas. Les qualités sur
lesquelles nos quatre amis s'étendirent furent
sa fidélité et son zele. On remarqua que c'est un
génie qui s'applique à tout, et ne se relâche ja=
mais. Ses principaux soins sont de travailler
pour la grandeur de son maître ; mais il ne croit
pas que le reste soit indigne de l'occuper. Rien
de ce qui regarde Jupiter n'est au-dessous des
ministres de sa puissance.

Nos quatre amis, étant convenus de toutes
ces choses, allerent ensuite voir le salon et la
galerie qui sont demeurés debout après la fête
qui a été tant vantée. On a jugé à propos de
les conserver, afin d'en bâtir de plus durables
sur le modele. Tout le monde a oui parler des
merveilles de cette fête, des palais devenus jar=

s

dins et des jardins devenus palais, de la soudai=
neté avec laquelle on a créé, s'il faut ainsi dire,
ces choses, et qui rendra les enchantements
croyables à l'avenir. Il n'y a point de peuple en
l'Europe que la Renommée n'ait entretenu de la
magnificence de ce spectacle. Quelques person=
nes en ont fait la description avec beaucoup d'é=
légance et d'exactitude ; c'est pourquoi je ne
m'arrêterai point en cet endroit : je dirai seule=
ment que nos quatre amis s'assirent sur le gazon
qui borde un ruisseau, ou plutôt une goulette,
dont cette galerie est ornée. Les feuillages qui
la couvroient étant déja secs et rompus en beau=
coup d'endroits, laissoient entrer assez de lu=
miere pour faire que Polyphile lût aisément : il
commença donc de cette sorte le récit des mal=
heurs de son héroïne.

FIN DU LIVRE PREMIER.

LES AMOURS
DE PSYCHÉ
ET
DE CUPIDON.

LIVRE SECOND.

La criminelle Psyché n'eut pas l'assurance de dire un mot. Elle se pouvoit jeter à genoux de= vant son mari, elle lui pouvoit conter comme la chose s'étoit passée ; et si elle n'eût justifié entiè= rement son dessein, elle en auroit du moins re= jeté la faute sur ses deux sœurs : en tout cas elle pouvoit demander pardon, prosternée aux pieds de l'Amour, les lui embrassant avec des marques de repentir, et les lui mouillant de ses larmes. Il y avoit outre cela un parti à prendre ;

c'étoit de relever le poignard par la pointe, et le présenter à son mari en lui découvrant son sein et en l'invitant de percer un cœur qui s'étoit ré= volté contre lui. L'étonnement et sa conscience lui ôterent l'usage de la parole et celui des sens : elle demeura immobile, et, baissant les yeux, elle attendit avec des transes mortelles sa desti= née.

Cupidon, outré de colere, ne sentit pas la moitié du mal que la goutte d'huile lui auroit fait dans un autre temps. Il jeta quelques regards foudroyants sur la malheureuse Psyché ; puis, sans lui faire seulement la grace de lui repro= cher son crime, ce Dieu s'envola, et le palais disparut. Plus de Nymphes, plus de Zéphyre : la pauvre épouse se trouva seule sur le rocher, demi-morte, pâle, tremblante, et tellement possédée de son excessive douleur, qu'elle de= meura long-temps les yeux attachés à terre sans se connoître, et sans prendre garde qu'elle étoit nue. Ses habits de fille étoient à ses pieds;

elle avoit les yeux dessus, et ne les appercevoit pas.

Cependant l'Amour étoit demeuré dans l'air; afin de voir à quelles extrémités son épouse se= roit réduite, ne voulant pas qu'elle se portât à aucune violence contre sa vie, soit que le cour= roux du Dieu n'eût pas éteint tout-à-fait en lui la compassion, soit qu'il réservât Psyché à de longues peines, et à quelque chose de plus cruel que de se tuer soi-même. Il la vit tomber éva= noüie sur la roche dure : cela le toucha, mais non jusqu'au point de l'obliger à ne se plus souvenir de la faute de son épouse.

Psyché ne revint à soi de long-temps après. La première pensée qu'elle eut, ce fut de courir à un précipice. Là, considérant les abymes, leur profondeur, les pointes des rocs toutes prêtes à la mettre en pieces; et levant quelquefois les yeux vers la Lune qui l'éclairoit : Sœur du So= leil, lui dit-elle, que l'horreur du crime ne t'em= pêche pas de me regarder : sois témoin du dés=

espoir d'une malheureuse; et fais-moi la grace
de raconter à celui que j'ai offensé les circon=
stances de mon trépas, mais ne les raconte point
aux personnes dont je tiens le jour. Tu vois
dans ta course des misérables; dis-moi, y en a=
t-il un de qui l'infortune ne soit légere au prix
de la mienne? Rochers élevés, qui serviez na=
guere de fondements à un palais dont j'étois
maîtresse, qui auroit dit que la nature vous eût
formés pour me servir maintenant à un usage
si différent?

À ces mots elle regarda encore le précipice;
et en même temps la mort se montra à elle sous
sa forme la plus affreuse. Plusieurs fois elle vou=
lut s'élancer, plusieurs fois aussi un sentiment
naturel l'en empêcha. Quelles sont, dit-elle, mes
destinées! j'ai quelque beauté; je suis jeune; il
n'y a qu'un moment que je possédois le plus
agréable de tous les Dieux, et je vas mourir! je
me vas moi-même donner la mort! faut-il que
l'Aurore ne se leve plus pour Psyché! quoi! voi=

là les derniers instants qui me sont donnés par
les Parques! Encore si ma nourrice me fermoit
les yeux! si je n'étois point privée de la sépul=
ture!

Ces irrésolutions et ces retours vers la vie,
qui font la peine de ceux qui meurent, et dont
les plus désespérés ne sont pas exempts, entre=
tinrent un cruel combat dans le cœur de notre
héroïne. Douce lumiere, s'écria-t-elle, qu'il est
difficile de te quitter! Hélas! en quels lieux irai=
je quand je me serai bannie moi-même de ta
présence? Charitables filles d'enfer, aidez-moi à
rompre les nœuds qui m'attachent; venez, venez
me représenter ce que j'ai perdu.

Alors elle se recueillit en elle-même; et l'image
de son malheur, étouffant enfin ce reste d'a=
mour pour la vie, l'obligea de s'élancer avec tant
de promptitude et de violence, que le Zéphyre,
qui l'observoit et qui avoit ordre de l'enlever
quand le comble du désespoir l'auroit amenée à
ce point, n'eut presque pas le loisir d'y apporter

le remede. Psyché n'étoit plus, s'il eût attendu encore un moment. Il la retira du gouffre ; et, lui faisant prendre un autre chemin dans les airs que celui qu'elle avoit choisi, il l'éloigna de ces lieux funestes, et l'alla poser avec ses habits sur le bord d'un fleuve dont la rive, extraordi= nairement haute et fort escarpée, pouvoit passer pour un précipice encore plus horrible que le premier.

C'est l'ordinaire des malheureux d'interpréter toutes choses sinistrement. Psyché se mit en l'es= prit que son époux, outré de ressentiment, ne l'avoit fait transporter sur le bord d'un fleuve qu'afin qu'elle se noyât ; ce genre de mort étant plus capable de le satisfaire que l'autre, parce= qu'il étoit plus lent, et par conséquent plus cruel. Peut-être même ne falloit-il pas qu'elle souillât de sang ces rochers. Savoit-elle si son mari ne les avoit point destinés à un usage tout opposé ? Ce pouvoit être une retraite amoureuse où l'In= fant de Cypre, craignant sa mere, logeoit secrè=

tement ses maîtresses, comme il y avoit logé son épouse ; car le lieu étoit écarté et inaccessible : ainsi elle auroit commis un sacrilege si elle avoit fait servir à son désespoir ce qui ne servoit qu'aux plaisirs.

Voilà comme raisonnoit la pauvre Psyché, ingénieuse à se procurer du mal, mais bien éloi= gnée de l'intention qu'avoit eue l'Amour, à qui cet endroit où la Belle se trouvoit alors étoit ve= nu fortuitement dans l'esprit, ou qui peut-être l'avoit laissé à la discrétion du Zéphyre. Il vou= loit la faire souffrir ; tant s'en faut qu'il exigeât d'elle une mort si prompte. Dans cette pensée il défendit au Zéphyre de la quitter, pour quel= que occasion que ce fût, quand même Flore lui auroit donné un rendez-vous, tant que cette pre= miere violence eût jeté son feu.

Je me suis étonné cent fois comme le Zé= phyre n'en devint pas amoureux. Il est vrai que Flore a bien du mérite : puis de courir sur les pas d'un maître, et d'un maître comme l'Amour,

t

c'eût été à lui une perfidie trop grande, et même inutile.

Le Zéphyre ayant donc l'œil incessamment sur Psyché, et lui voyant regarder le fleuve d'une maniere toute pitoyable, il se douta de quelque nouvelle pensée de désespoir ; et, pour n'être pas surpris encore une fois, il en avertit aussitôt le Dieu de ce fleuve, qui, de bonne fortune, te= noit sa cour à deux pas de là, et qui avoit alors auprès de lui la meilleure partie de ses Nym= phes.

Ce Dieu étoit d'un tempérament froid, et ne se soucioit pas beaucoup d'obliger la Belle ni son mari. Néanmoins la crainte qu'il eut que les poëtes ne le diffamassent si la premiere Beauté du monde, fille de roi, et femme d'un Dieu, se noyoit chez lui, et ne l'appelassent frere du Styx ; cette crainte, dis-je, l'obligea de com= mander à ses Nymphes qu'elles recueillissent Psyché, et qu'elles la portassent vers l'autre rive, qui étoit moins haute et plus agréable que

celle-là, près de quelque habitation. Les Nym=
phes lui obéirent avec beaucoup de plaisir.
Elles se rendirent toutes à l'endroit où étoit la
Belle, et se cacherent sous le rivage.

Psyché faisoit alors des réflexions sur son aven=
ture, ne sachant que conjecturer du dessein de
son mari, ni à quelle mort se résoudre. À la
fin, tirant de son cœur un profond soupir : Eh
bien! dit-elle, je finirai ma vie dans les eaux :
veuillent seulement les Destins que ce supplice
te soit agréable! Aussitôt elle se précipita dans
le fleuve, bien étonnée de se voir incontinent
entre les bras de Cymodocé et de la gentille
Naïs. Ce fut la plus heureuse rencontre du
monde. Ces deux Nymphes ne faisoient presque
que de la quitter : car l'Amour en avoit choisi
de toutes les sortes et dans tous les chœurs pour
servir de filles d'honneur à notre héroïne pen=
dant le temps bienheureux où elle avoit part aux
affections et à la fortune d'un Dieu.

Cette rencontre, qui devoit du moins lui ap=

porter quelque consolation, ne lui apporta au
contraire que du déplaisir. Comment se résou=
dre sans mourir à paroître ainsi malheureuse et
abandonnée devant celles qui la servoient il n'y
avoit pas plus d'une heure? telle est la folie de
l'esprit humain; les personnes nouvellement dé=
chues de quelque état florissant fuient les gens
qui les connoissent, avec plus de soin qu'elles
n'évitent les étrangers, et préferent souvent la
mort au service qu'on leur peut rendre. Nous
supportons le malheur, et ne saurions suppor=
ter la honte.

Je ne vous assurerai pas si ce fleuve avoit des
Tritons, et ne sais pas bien si c'est la coutume
des fleuves que d'en avoir. Ce que je vous puis
assurer c'est qu'aucun Triton n'approcha de no=
tre héroïne. Les seules Naïades eurent cet hon=
neur. Elles se pressoient si fort autour de la
Belle que mal-aisément un Triton y eût trouvé
place. Naïs et Cymodocé la tenoient entre leurs
bras, tandis que d'abattement et de lassitude

elle se laissoit aller la tête languissamment, tantôt sur l'une, tantôt sur l'autre, arrosant leur sein tour-à-tour avec ses larmes.

Aussitôt qu'elle fut à bord, ces deux Nymphes, qui avoient été du nombre de ses favorites, comme prudentes et discretes entre toutès les Nymphes du monde, firent signe à leurs com= pagnes de se retirer ; et ne diminuant rien du respect avec lequel elles la servoient pendant sa fortune, elles prirent ses habits des mains du Zéphyre, qui se retira aussi, et demanderent à Psyché si elle ne vouloit pas bien qu'elles eussent l'honneur de l'habiller encore une fois. Psyché se jeta à leurs pieds pour toute réponse, et les leur baisa.

Cet abaissement excessif leur causa beaucoup de confusion et de pitié. L'Amour même en fut touché plus que de pas une chose qui fût arrivée à notre héroïne depuis sa disgrace. Il ne l'avoit point quittée de vue, recevant quelque satisfac= tion à l'aspect du mal qu'elle se faisoit ; car cela

ne pouvoit partir que d'un bon principe. Cu=
pidon goûtoit dans les airs ce cruel plaisir. Le
battement de ses ailes obligea Naïs et Cymo=
docé de tourner la tête : elles apperçurent le
Dieu ; et par considération tout au moins au=
tant que par respect, mais principalement pour
faire plaisir à la Belle, elles se retirerent à leur
tour.

Eh bien! Psyché, dit l'Amour, que te semble
de ta fortune? est-ce impunément que l'on veut
tuer le maître des Dieux? il te tardoit que tu te
fusses détruite : te voilà contente ; tu sais comme
je suis fait, tu m'as vu : mais de quoi cela te
peut-il servir? je t'avertis que tu n'es plus mon
épouse.

Jusque-là la pauvre Psyché l'avoit écouté
sans lever les yeux : à ce mot d'épouse elle dit :
Hélas ! je suis bien éloignée de prendre cette
qualité ; je n'ose seulement espérer que vous me
recevrez pour esclave. Ni mon esclave non plus,
reprit l'Amour ; c'est de ma mere que tu l'es ; je

te donne à elle. Et garde-toi bien d'attenter contre
ta vie; je veux que tu souffres, mais je ne veux
pas que tu meures; tu en serois trop tôt quitte.
Que si tu as dessein de m'obliger, venge-moi
de tes deux démons de sœurs; n'écoute ni con=
sidération du sang ni pitié; sacrifie-les-moi.
Adieu, Psyché; la brûlure que cette lampe m'a
faite ne me permet pas de t'entretenir plus long=
temps.

Ce fut bien là que l'affliction de notre héroïne
reprit des forces. Exécrable lampe! maudite
lampe! avoir brûlé un Dieu si sensible et si
délicat! qui ne sauroit rien endurer! l'Amour!
Pleure, pleure, Psyché; ne te repose ni jour ni
nuit: cherche sur les monts et dans les vallées
quelque herbe pour le guérir, et porte-la lui. S'il
ne s'étoit point tant pressé de me dire adieu, il
verroit l'extrême douleur que son mal me fait,
et ce lui seroit un soulagement: mais il est parti!
il est parti sans me laisser aucune espérance de
le revoir!

Cependant l'Aurore vint éclairer l'infortune de notre Belle, et amena ce jour-là force nouveautés. Vénus, entre autres, fut avertie de ce qui étoit arrivé à Psyché ; et voyez comme les choses se rencontrent. Les médecins avoient ordonné à cette Déesse de se baigner pour des chaleurs qui l'incommodoient. Elle prenoit son bain dès le point du jour, puis se recouchoit. C'étoit dans ce fleuve qu'elle se baignoit d'ordinaire, à cause de la qualité de ses eaux refroidissantes. Je pense même vous avoir dit que le Dieu du fleuve en tenoit un peu. Une oie babillarde qui savoit ces choses, et qui, se trouvant cachée entre des glaïeuls, avoit vu Psyché arriver à bord, et avoit entendu ensuite les reproches de son mari, ne manqua pas d'aller redire à Vénus toute l'aventure de point en point. Vénus ne perd point de temps ; elle envoie gens de tous les côtés, avec ordre de lui amener morte ou vive Psyché son esclave.

Il s'en fallut peu que ces gens ne la rencon=

trassent. Dès que son époux l'eut quittée elle
s'habilla, ou, pour mieux parler, elle jeta sur
soi ses habits : c'étoient ceux qu'elle avoit quit=
tés en se mariant, habits lugubres et comman=
dés par l'oracle, comme vous pouvez vous en
souvenir. En cet état elle résolut d'aller par le
monde cherchant quelque herbe pour la brû=
lure de son mari, puis de le chercher lui-même.

Psyché n'eut pas marché une demi-heure
qu'elle crut appercevoir un peu de fumée qui
sortoit d'entre des arbres et des rochers. C'étoit
l'habitation d'un pêcheur, située au penchant
d'un mont où les chevres mêmes avoient de la
peine à monter. Ce mont, revêtu de chênes aussi
vieux que lui, et tout plein de rocs, présentoit
aux yeux quelque chose d'effroyable, mais de
charmant. Le caprice de la nature ayant creusé
deux ou trois de ces rochers qui étoient voisins
l'un de l'autre, et leur ayant fait des passages
de communication et d'issue, l'industrie hu=
maine avoit achevé cet ouvrage, et en avoit fait

la demeure d'un bon vieillard et de deux jeunes
bergeres. Encore que Psyché, dans ces com=
mencements, fût timide et appréhendât la moin=
dre rencontre, si est-ce qu'elle avoit besoin de
s'enquérir en quelle contrée elle étoit, et si on
ne savoit point une composition, une racine,
ou une herbe pour la brûlure de son mari.

Elle adressa donc ses pas vers le lieu où elle
avoit vu cette fumée, ne découvrant aucune ha=
bitation que celle-là de quelque côté que sa vue
se pût étendre. Il n'y avoit point d'autre chemin
pour y aller qu'un petit sentier tout bordé de
ronces. De moyen de les détourner elle n'en avoit
aucun; de façon qu'à chaque pas les épines lui
déchiroient son habit, quelquefois la peau, sans
que d'abord elle le sentît : l'affliction suspendoit
en elle les autres douleurs. À la fin son linge
qui étoit mouillé, le froid du matin, les épines
et la rosée commencerent à l'incommoder. Elle
se tira d'entre ces halliers le mieux qu'elle put;
puis un petit pré, dont l'herbe étoit encore aussi

vierge que le jour qu'elle naquit, la mena jus=
que sur le bord d'un torrent. C'étoit un torrent
et un abyme. Un nombre infini de sources s'y
précipitoient par cascades du haut du mont,
puis, roulant leurs eaux entre des rochers, for=
moient un gazouillement à-peu-près semblable
à celui des catadupes du Nil.

Psyché, arrêtée tout court par cette barriere,
et d'ailleurs extrêmement abattue tant de la dou=
leur que du travail, et pour avoir passé sans
dormir une nuit entiere, se coucha sous des ar=
brisseaux que l'humidité du lieu rendoit fort
touffus. Ce fut ce qui la sauva.

Deux satellites de son ennemie arriverent un
moment après en ce même endroit. La ravine
les empêcha de passer outre : ils s'arrêterent quel=
que temps à la regarder, avec un si grand péril
pour Psyché, que l'un d'eux marcha sur sa robe ;
et croyant la Belle aussi loin de lui qu'elle en étoit
près, il dit à son camarade : Nous cherchons ici
inutilement ; ce ne sauroient être que des oi=

seaux qui se réfugient dans ces lieux : nos compagnons seront plus heureux que nous, et je plains cette personne s'ils la rencontrent; car notre maîtresse n'est pas telle qu'on s'imagine : il semble à la voir que ce soit la douceur même; mais je vous la donne pour une femme vindicative et aussi cruelle qu'il y en ait. On dit que Psyché lui dispute la prééminence des charmes : c'est justement le moyen de la rendre furieuse, et d'en faire une lionne à qui on a enlevé ses petits : sa concurrente fera fort bien de ne pas tomber entre ses mains.

Psyché entendit ces mots fort distinctement, et rendit graces au hasard, qui, en lui donnant des frayeurs mortelles, lui donnoit aussi un avis qui n'étoit nullement à négliger. De bonheur pour elle ces gens partirent presque aussitôt.

A peine étoit-elle revenue de sa frayeur, que, sur l'autre bord de la ravine, un nouveau spectacle lui causa de l'étonnement. La vieillesse en propre personne lui apparut chargée de filets,

et en habit de pêcheur : les cheveux lui pendoient
sur les épaules et la barbe sur la ceinture. Un
très beau vieillard, et blanc comme un lis, mais
non pas si frais, se disposoit à passer. Son front
étoit plein de rides, dont la plus jeune étoit pres=
que aussi ancienne que le déluge. Aussi Psyché
le prit pour Deucalion ; et se mettant à genoux :
Pere des humains, lui cria-t-elle, protégez-moi
contre des ennemis qui me cherchent.

Le vieillard ne répondit rien : la force de l'en=
chantement le rendit muet. Il laissa tomber ses
filets, s'oubliant soi-même aussi bien que s'il eût
été dans son plus bel âge, oubliant aussi le dan=
ger où il se mettroit d'être rencontré par les en=
nemis de la Belle, s'il alloit la prendre sur l'autre
bord. Il me semble que je vois les vieillards de
Troie qui se préparent à la guerre en voyant
Hélene. Celui-ci ne se soucioit pas de périr,
pourvu qu'il contribuât à la sûreté d'une mal=
heureuse comme la nôtre. Le besoin pressant
qu'on avoit de son assistance lui fit remettre au

premier loisir les exclamations ordinaires dans
ces rencontres. Il passa du côté où étoit Psyché;
et l'aborda de fort bonne grace et avec respect,
comme un homme qui savoit faire autre chose
que de tromper les poissons.

Belle princesse, dit-il, car à vos habits c'est le
moins que vous puissiez être, réservez vos ado=
rations pour les Dieux. Je suis un mortel qui ne
possede que ces filets, et quelques petites com=
modités dont j'ai meublé deux ou trois rochers
sur le penchant de ce mont. Cette retraite est à
vous aussi bien qu'à moi : je ne l'ai point achetée;
c'est la nature qui l'a bâtie. Et ne craignez pas
que vos ennemis vous y cherchent : s'il y a sur
terre un lieu d'assurance contre les poursuites
des hommes, c'est celui-là : je l'éprouve depuis
long-temps.

Psyché accepta l'asyle. Le vieillard la fit des=
cendre dans la ravine, marchant devant elle, et
lui enseignant à poser le pied tantôt sur cet en=
droit-là, tantôt sur cet autre; non sans péril :

mais la crainte donne du courage. Si Psyché n'eût
point fui Vénus, elle n'auroit jamais osé faire
ce qu'elle fit.

La difficulté fut de traverser le torrent qui
couloit au fond. Il étoit large, creux, et rapide.
Où es-tu, Zéphyre? s'écria Psyché. Mais plus
de Zéphyre: l'Amour lui avoit donné congé, sur
l'assurance que notre hércïne n'oseroit attenter
contre elle, puisqu'il le lui avoit défendu, ni
faire chose qui lui déplût. En effet, elle n'avoit
garde. Un pont portatif que le vieillard tiroit
après soi sitôt qu'il étoit passé suppléa à ce dé=
faut. C'étoit un tronc à demi pourri, avec deux
bâtons de saule pour garde-fous. Ce tronc se po=
soit sur deux gros cailloux qui servoient de bor=
dages à l'eau en cet endroit-là. Psyché passa donc,
et n'eut pas plus de peine à remonter qu'elle en
avoit eu à descendre.

De nouveaux obstacles se présenterent. Il fal=
loit encore grimper, et grimper par dedans un
bois si touffu que l'ombre éternelle n'est pas plus

noire. Psyché suivoit le vieillard et le tenoit par l'habit. Après bien des peines, ils arriverent à une petite esplanade assez découverte et em= ployée à divers offices; c'étoient les jardins, la cour principale, les avant-cours et les avenues de cette demeure. Elle fournissoit des fleurs à son maître, un peu de fruits, et d'autres riches= ses du jardinage.

De là ils monterent à l'habitation du vieillard par des degrés et par des perrons qui n'avoient point eu d'autre architecte que la nature : aussi tenoient-ils un peu du toscan, pour en dire la vérité. Ce palais n'avoit pour toit que cinq ou six arbres d'une prodigieuse hauteur dont les raci= nes cherchoient passage entre les voûtes de ces rochers.

Là deux jeunes bergeres assises voyoient paî= tre à dix pas d'elles cinq ou six chevres, et filoient de si bonne grace, que Psyché ne se put tenir de les admirer. Elles avoient assez de beauté pour ne se pas voir méprisées par la concurrente de

Vénus. La plus jeune approchoit de quatorze
ans, l'autre en avoit seize. Elles saluerent notre
héroïne d'un air naïf, et pourtant fort spirituel,
quoiqu'un peu de honte l'accompagnât. Mais ce
qui fit principalement que Psyché crut trouver
de l'esprit en elles, ce fut l'admiration qu'elles
témoignerent en la regardant. Psyché les baisa,
et leur fit un petit compliment champêtre, dans
lequel elle les louoit de beauté et de gentillesse :
à quoi elles répondirent par l'incarnat qui leur
monta aussitôt aux joues.

Vous voyez mes petites filles, dit le vieillard
à Psyché : leur mere est morte depuis six mois.
Je les éleve avec un aussi grand soin que si ce
n'étoient pas des bergeres. Le regret que j'ai,
c'est que n'ayant jamais bougé de cette monta=
gne, elles sont incapables de vous servir. Souf=
frez toutefois qu'elles vous conduisent dans leur
demeure : vous devez avoir besoin de repos.

Psyché ne se fit pas presser davantage : elle
s'alla mettre au lit. Les deux pucelles la désha=

billerent, avec cent signes d'admiration à leur
mode quand elle avoit la tête tournée, se faisant
l'une à l'autre remarquer de l'œil fort innocem=
ment les beautés qu'elles découvroient ; beau=
tés capables de leur donner de l'amour, et d'en
donner, s'il faut ainsi dire, à toutes les choses
du monde. Psyché avoit pris leur lit : couchée
proprement sous du linge jonché de roses, l'o=
deur de ces fleurs, ou la lassitude, ou d'autres
secrets dont Morphée se sert, l'assoupirent in=
continent. J'ai toujours cru, et le crois encore,
que le sommeil est une chose invincible. Il n'y
a procès, ni affliction, ni amour qui tienne.

Pendant que Psyché dormoit, les bergeres
coururent aux fruits. On lui en fit prendre à son
réveil, et un peu de lait. Il n'entroit guere d'autre
nourriture en ce lieu. On y vivoit à-peu-près
comme chez les premiers humains, plus pro=
prement, à la vérité, mais de viandes que la
seule nature assaisonnoit.

Le vieillard couchoit en une enfonçure du

rocher, sans autre tapis de pied qu'un peu de
mousse étendue, et sur cette mousse l'équipage
du dieu Morphée. Un autre rocher plus spa=
cieux et plus richement meublé étoit l'apparte=
ment des deux jeunes filles. Mille petits ouvra=
ges de jonc et d'écorce tendre y tenoient lieu de
tapisserie, des plumes d'oiseaux, des festons,
des corbeilles remplies de fleurs. La porte du
roc servoit aussi de fenêtre, comme celles de nos
balcons ; et par le moyen de l'esplanade elle dé=
couvroit un pays fort grand, diversifié, agréable :
le vieillard avoit abattu les arbres qui pouvoient
nuire à la vue.

Une chose m'embarrasse, c'est de vous dé=
peindre cette porte servant aussi de fenêtre, et
semblable à celle de nos balcons, en sorte que
le champêtre soit conservé. Je n'ai jamais pu sa=
voir comment cela s'étoit fait. Il suffit de dire
qu'il n'y avoit rien de sauvage en cette habita=
tion, et que tout l'étoit à l'entour.

Psyché, ayant regardé ces choses, témoigna à

notre vieillard qu'elle souhaitoit de l'entretenir,
et le pria de s'asseoir près d'elle. Il s'en excusa
sur sa qualité de simple mortel, puis il obéit. Les
deux filles se retirerent.

C'est en vain, dit notre héroïne, que vous me
cachez votre véritable condition. Vous n'avez
pas employé toute votre vie à pêcher, et parlez
trop bien pour n'avoir jamais conversé qu'avec
des poissons. Il est impossible que vous n'ayez
vu le beau monde, et hanté les grands; si vous
n'êtes vous-même d'une naissance au-dessus de
ce qui paroît à mes yeux : votre procédé, vos dis=
cours, l'éducation de vos filles, même la pro=
preté de cette demeure, me le font juger. Je
vous prie, donnez-moi conseil. Il n'y a qu'un jour
que j'étois la plus heureuse femme du monde.
Mon mari étoit amoureux de moi; il me trouvoit
belle. Et ce mari, c'est l'Amour. Il ne veut plus
que je sois sa femme : je n'ai pu seulement obte=
nir de lui d'être son esclave. Vous me voyez va=
gabonde ; tout me fait peur ; je tremble à la

moindre haleine du vent : hier je commandois
au Zéphyre. J'eus à mon coucher une centaine
de Nymphes des plus jolies et des plus quali=
fiées, qui se tinrent heureuses d'une parole que
je leur dis, et qui baiserent en me quittant le
bas de ma robe. Les adorations, les délices, la
comédie, rien ne me manquoit. Si j'eusse voulu
qu'un plaisir fût venu des extrémités de la terre
pour me trouver, j'eusse été incontinent satis=
faite. Ma félicité étoit telle que le changement
des habits et celui des ameublements ne me tou=
choit plus. J'ai perdu tous ces avantages; et les
ai perdus par ma faute et sans espérance de les
recouvrer jamais : l'Amour me hait trop. Je ne
vous demande pas si je cesserai de l'aimer, il
m'est impossible : je vous demande aussi peu si
je cesserai de vivre, ce remede m'est interdit :
Garde-toi, m'a dit mon mari, d'attenter contre
ta vie. Voilà les termes où je suis réduite : il m'est
défendu de me soustraire à la peine. C'est bien
le comble du désespoir que de n'oser se désespé=

rer. Quand je le ferai néanmoins, quelle puni=
tion y a-t-il par-delà la mort? Me conseillez-vous
de traîner ma vie dans des alarmes continuelles,
craignant Vénus, m'imaginant voir à tous les
moments les ministres de sa fureur? Si je tombe
entre ses mains, et je ne puis m'empêcher d'y
tomber, elle me fera mille maux. Ne vaut-il pas
mieux que j'aille en un monde où elle n'a point
de pouvoir? Mon dessein n'est pas de m'enfon=
cer un fer dans le sein : les Dieux me gardent
de désobéir à l'Amour jusqu'à ce point-là! mais
si je refuse la nourriture; si je permets à un as=
pic de décharger sur moi sa colere; si par ha=
sard je rencontre de l'aconit, et que j'en mette
un peu sur ma langue, est-ce un si grand crime?
Tout au moins me doit-il être permis de me lais=
ser mourir de tristesse.

Au nom de l'Amour le vieillard s'étoit levé.
Quand la Belle eut achevé de parler, il se pros=
terna, et la traitant de Déesse, il s'alloit jeter en
des excuses qui n'eussent fini de long-temps, si

Psyché ne les eût d'abord prévenues, et ne lui eût commandé par tous les titres qu'il voudroit lui donner, soit de Belle, soit de Princesse, soit de Déesse, de se remettre en sa place, et de dire son sentiment avec liberté ; mais que pour le mieux il laissât ces qualités qui ne faisoient rien pour la consoler, et dont il étoit libéral jusqu'à l'excès.

Le vieillard savoit trop bien vivre pour con=tester de cérémonies avec l'épouse de Cupidon. S'étant donc assis : Madame, dit-il, ou votre mari vous a communiqué l'immortalité, et cela étant que vous servira de vouloir mourir? ou vous êtes encore sujette à la loi commune. Or cette loi veut deux choses ; l'une véritablement que nous mourions ; l'autre que nous tâchions de conser=ver notre vie le plus long-temps qu'il nous est possible. Nous naissons également pour l'un et pour l'autre ; et l'on peut dire que l'homme a en même temps deux mouvements opposés : il court incessamment vers la mort, il la fuit aussi

incessamment. De violer cet instinct, c'est ce qui
n'est pas permis. Les animaux ne le font pas. Y
a-t-il rien de plus malheureux qu'un oiseau qui,
ayant eu pour demeure une forêt agréable et
toute la campagne des airs, se voit renfermé dans
une cage d'un pied d'espace? cependant il ne se
donne pas la mort; il chante, au contraire, et
tâche à se divertir. Les hommes ne sont pas si
sages : ils se désesperent. Regardez combien de
crimes un seul crime leur fait commettre. Pre=
mièrement vous détruisez l'ouvrage du Ciel; et
plus cet ouvrage est beau, plus le crime doit être
grand : jugez donc quelle seroit votre faute. En se=
cond lieu, vous vous défiez de la Providence, ce
qui est un autre crime. Pouvez-vous répondre de
ce qui vous arrivera? Peut-être le Ciel vous réserve=
t-il un bonheur plus grand que celui que vous re=
grettez : peut-être vous réjouirez-vous bientôt du
retour de votre mari, ou pour mieux dire de votre
amant, car à son dépit je le juge tel. J'ai tant vu de
ces amants échappés revenir incontinent, et faire

satisfaction aux personnes qui leur avoient donné
sujet de se plaindre ; j'ai tant vu de malheureux,
d'un autre côté, changer de condition et de sen=
timent, que ce seroit imprudence à vous de ne
pas donner à la Fortune le loisir de tourner sa
roue. Outre ces raisons générales , votre mari
vous a défendu d'attenter contre votre vie. Ne
me proposez point pour expédient de vous lais=
ser mourir de tristesse : c'est un détour que votre
propre conscience doit condamner. J'approuve=
rois bien plutôt que vous vous perçassiez le sein
d'un poignard. Celui-ci est un crime d'un mo=
ment, qui a le premier transport pour excuse ;
l'autre est une continuation de crimes que rien
ne peut excuser. Qu'il n'y ait point de punition
par-delà la mort, je ne pense pas qu'on vous ait
enseigné cette doctrine. Croyez, madame, qu'il
y en a, et de particulièrement ordonnées contre
ceux qui jettent leur ame au vent, et qui ne la
laissent pas envoler.

Mon pere, reprit Psyché, cette derniere con=

sidération fait que je me rends : car d'espérer le retour de mon mari, il n'y a pas d'apparence : je serai réduite à ne faire de ma vie autre chose que le chercher.

Je ne le crois pas, dit le vieillard. J'ose vous répondre, au contraire, qu'il vous cherchera. Quelle joie alors aurez-vous! Attendez du moins quelques jours en cette demeure. Vous pourrez vous y appliquer à la connoissance de vous-même et à l'étude de la sagesse : vous y menerez la vie que j'y mene depuis long-temps, et que j'y mene avec tant de tranquillité, que si Jupiter vouloit changer de condition contre moi je le renverrois sans délibérer.

Mais comment vous êtes-vous avisé de cette retraite? repartit Psyché : ne vous serai-je point importune si je vous prie de m'apprendre votre aventure?

Je vous la dirai en peu de mots, reprit le vieillard.

J'étois à la cour d'un roi qui se plaisoit à m'en=

tendre, et qui m'avoit donné la charge de pre=
mier Philosophe de sa maison. Outre la faveur,
je ne manquois pas de biens.

Ma famille ne consistoit qu'en une personne
qui m'étoit fort chere; j'avois perdu mon épouse
depuis long-temps : il me restoit une fille d'une
beauté exquise, quoiqu'infiniment au–dessous
des charmes que vous possédez. Je l'élevai dans
des sentiments de vertu convenables à l'état de
notre fortune et à la profession que je faisois.
Point de coquetterie ni d'ambition ; point d'hu=
meur austere non plus. Je voulois en faire une
compagne commode pour un mari, plutôt qu'une
maîtresse agréable pour des amants.

Ses qualités la firent bientôt rechercher par
tout ce qu'il y avoit d'illustre à la cour. Celui qui
commandoit les armées du roi l'emporta. Le
lendemain qu'il l'eut épousée, il en fut jaloux;
il lui donna des espions et des gardes : pauvre
esprit qui ne voyoit pas que si la vertu ne garde
une femme, en vain l'on pose des sentinelles à

l'entour! Ma fille auroit été long-temps malheu=
reuse sans les hasards de la guerre : son mari
fut tué dans un combat. Il la laissa mere d'une
des filles que vous voyez, et grosse de l'autre.
L'affliction fut plus forte que le souvenir des
mauvais traitements du défunt, et le temps fut
plus fort que l'affliction. Ma fille reprit à la fin
sa gaieté, sa douce conversation, et ses char=
mes ; résolue pourtant de demeurer veuve, voire
de mourir plutôt que de tenter un second ha=
sard. Les amants reprirent aussi leur train ordi=
naire : mon logis ne désemplissoit point d'im=
portuns : le plus incommode de tous fut le fils
du roi.

Ma fille, à qui ces choses ne plaisoient pas,
me pria de demander pour récompense de mes
services qu'il me fût permis de me retirer. Cela
me fut accordé. Nous nous en allâmes à une
maison des champs que j'avois. À peine étions=
nous partis, que les amants nous suivirent : ils
y arriverent aussitôt que nous. Le peu d'espé=

rance de s'en sauver nous obligea d'abandon=
ner des provinces où il n'y avoit point d'asyle
contre l'amour, et d'en chercher un chez des
peuples du voisinage. Cela fit des guerres, et ne
nous délivra point des amants : ceux de la con=
trée étoient plus persécutants que les autres. En=
fin nous nous retirâmes au désert, avec peu de
suite, sans équipage, n'emportant que quelques
livres, afin que notre fuite fût plus secrete. La
retraite que nous choisîmes étoit fort cachée ;
mais ce n'étoit rien en comparaison de celle-ci.
Nous y passâmes deux jours avec beaucoup de
repos. Le troisieme jour on sut où nous nous
étions réfugiés : un amant vint nous demander
le chemin ; un autre amant se mit à couvert de
la pluie dans notre cabane. Nous voilà désespé=
rés, et n'attendant de tranquillité qu'aux Champs=
Élysées.

Je proposai à ma fille de se marier. Elle me
pria d'attendre qu'on l'y eût condamnée sous
peine du dernier supplice : encore préféreroit=

elle la mort à l'hymen. Elle avouoit bien que l'importunité des amants étoit quelque chose de très fâcheux ; mais la tyrannie des méchants maris alloit au-delà de tous les maux qu'on étoit capable de se figurer : que je ne me misse en peine que de moi seul ; elle sauroit résister aux cajoleries que l'on lui feroit ; et si l'on venoit à la violence, ou à la nécessité du mariage, elle sauroit encore mieux mourir. Je ne la pressai pas davantage.

Une nuit que je m'étois endormi sur cette pensée, la Philosophie m'apparut en songe. Je veux, dit-elle, te tirer de peine : suis-moi. Je lui obéis. Nous traversâmes les lieux par où je vous ai conduite. Elle m'amena jusque sur le seuil de cette habitation. Voilà, dit-elle, le seul endroit où tu trouveras du repos. L'image du lieu, celle du chemin, demeurerent dans ma mémoire. Je me réveillai fort content.

Le lendemain je contai ce songe à ma fille ; et comme nous nous promenions, je remarquai

que le chemin où la Philosophie m'avoit fait en=
trer aboutissoit à notre cabane. Qu'est-il besoin
d'un plus long récit? nous fîmes résolution d'é=
prouver le reste du songe.

Nous congédiâmes nos domestiques, et nous
nous sauvâmes avec ces deux filles, dont la plus
âgée n'avoit pas six ans; il nous fallut porter
l'autre. Après les mêmes peines que vous avez
eues nous arrivâmes sous ces rochers. Ma fa=
mille s'y étant établie, je retournai prendre le
peu de meubles que vous voyez, les apportant
à diverses fois, et mes livres aussi. Pour ce qui
nous étoit resté de bagues et d'argent, il étoit
déja en lieu d'assurance : nous n'en avons pas
encore eu besoin. Le voisinage du fleuve nous
fait subsister, sinon avec luxe et délicatesse,
avec beaucoup de santé tout au moins. J'y prends
du poisson que je vas vendre en une ville que ce
mont vous cache, et où je ne suis connu de per=
sonne. Mon poisson n'est pas sitôt sur la place
qu'il est vendu. Tous les habitants sont gens ri=

ches, de bonne chere, fort paresseux. Ils ont
peine à sortir de leurs murailles ; comment vien=
droient-ils ici m'interrompre, si ce n'est que
votre mari s'en mêle à la fin, et qu'il nous en=
voie des amants, soit de ce lieu-là, soit d'un au=
tre? les amants se font passage par-tout ; ce n'est
pas pour rien que leur protecteur a des ailes.
Ces filles, comme vous voyez, sont en âge de
l'appréhender. Je ne suis pourtant pas certain
qu'elles prennent la chose du même biais que
l'a toujours prise leur mere. Voilà, madame,
comme je suis arrivé ici. Le vieillard finit par
l'exagération de son bonheur, et par les louan=
ges de la solitude.

Mais, mon pere, reprit Psyché, est-ce un si
grand bien que cette solitude dont vous parlez?
est-il possible que vous ne vous y soyez point en=
nuyé vous ni votre fille? À quoi vous êtes-vous
occupés pendant dix années?

À nous préparer pour une autre vie, lui ré=
pondit le vieillard : nous avons fait des réfle=

xions sur les fautes et sur les erreurs à quoi sont
sujets les hommes; nous avons employé le temps
à l'étude.

Vous ne me persuaderez point, repartit Psy=
ché, qu'une grandeur légitime et des plaisirs in=
nocents ne soient préférables au train de vie
que vous menez.

La véritable grandeur, a l'égard des philoso=
phes, lui répliqua le vieillard, est de régner sur
soi-même; et le véritable plaisir, de jouir de soi.
Cela se trouve en la solitude, et ne se trouve
guere autre part. Je ne vous dis pas que toutes
personnes s'en accommodent; c'est un bien pour
moi, ce seroit un mal pour vous. Une personne
que le ciel a composée avec tant de soin et avec
tant d'art, doit faire honneur à son ouvrier, et
régner ailleurs que dans le désert.

Hélas! mon pere, dit notre héroïne en sou=
pirant, vous me parlez de régner, et je suis es=
clave de mon ennemie! Sur qui voulez-vous que
je regne? Ce ne peut être ni sur mon cœur ni

z

sur celui de l'Amour; de régner sur d'autres,
c'est une gloire que je refuse. Là-dessus elle lui
conta son histoire succinctement. Après avoir
achevé: Vous voyez, dit-elle, combien j'ai sujet
de craindre Vénus. J'ai toutefois résolu de me
mettre en quête de mon mari devant que le jour
se passe. Sa brûlure m'inquiete trop : ne savez=
vous point un secret pour le guérir sans douleur
et en un moment?

Le vieillard sourit : J'ai, dit-il, cherché toute
ma vie dans les simples, dans les compositions,
dans les minéraux, et n'ai pu encore trouver de
remede pour aucun mal : mais croyez-vous que
les Dieux en manquent? Il faut bien qu'ils en
aient de bons, et de bons médecins aussi, puis=
que la mort ne peut rien sur eux. Ne vous met=
tez donc en peine que de regagner votre époux :
pour cela il vous faut attendre; laissez-le dormir
sur sa colere : si vous vous présentez à lui de=
vant que le temps l'ait adoucie, vous vous met=
trez au hasard d'être rebutée; ce qui vous seroit

d'une très périlleuse conséquence pour l'avenir.
Quand les maris se sont fâchés une fois, et qu'ils
ont fait une fois les difficiles, la mutinerie ne
leur coûte plus rien après.

Psyché se rendit à cet avis, et passa huit jours
en ce lieu-là, sans y trouver le repos que son
hôte lui promettoit. Ce n'est pas que l'entretien
du vieillard et celui même des jeunes filles ne
charmassent quelquefois son mal; mais incon=
tinent elle retournoit aux soupirs : et le vieillard
lui disoit que l'affliction diminueroit sa beauté,
qui étoit le seul bien qui lui restoit, et qui feroit
infailliblement revenir les autres. On n'avoit
point encore allégué de raison à notre héroïne
qui lui plût tant.

Ce n'étoit pas seulement au vieillard que Psy=
ché parloit de sa passion : elle demandoit quel=
quefois conseil aux choses inanimées; elle im=
portunoit les arbres et les rochers. Le vieillard
avoit fait une longue route dans le fond du bois.
Un peu de jour y venoit d'en-haut. Des deux cô=

tés de la route étoient des réduits où une Belle
pouvoit s'endormir sans beaucoup de témérité :
les Sylvains ne fréquentoient pas cette forêt ; ils
la trouvoient trop sauvage. La commodité du
lieu obligea Psyché d'y faire des vers, et d'en
rendre les hêtres participants. Elle rappela les
idées de la poésie que les Nymphes lui avoient
données. Voici à-peu-près le sens de ses vers :

Que nos plaisirs passés augmentent nos supplices !
Qu'il est dur d'éprouver après tant de délices
     Les cruautés du Sort !
Falloit-il être heureuse avant qu'être coupable ?
Et si de me haïr, Amour, tu fus capable,
     Pourquoi m'aimer d'abord ?

Que ne punissois-tu mon crime par avance ?
Il est bien temps d'ôter à mes yeux ta présence,
     Quand tu luis dans mon cœur !
Encor si j'ignorois la moitié de tes charmes !
Mais je les ai tous vus : j'ai vu toutes les armes
     Qui te rendent vainqueur.

J'ai vu la beauté même, et les graces dormantes.

Un doux ressouvenir de cent choses charmantes
    Me suit dans les déserts.
L'image de ces biens rend mes maux cent fois pires.
Ma mémoire me dit : Quoi ! Psyché, tu respires,
    Après ce que tu perds ?

Cependant il faut vivre : Amour m'a fait défense
D'attenter sur des jours qu'il tient en sa puissance,
    Tout malheureux qu'ils sont.
Le cruel veut, hélas ! que mes mains soient captives.
Je n'ose me soustraire aux peines excessives
    Que mes remords me font.

C'est ainsi qu'en un bois Psyché contoit aux arbres
Sa douleur, dont l'excès faisoit fendre les marbres
    Habitants de ces lieux.
Rochers, qui l'écoutiez avec quelque tendresse,
Souvenez-vous des pleurs qu'au fort de sa tristesse
    Ont versés ses beaux yeux.

Elle n'avoit guere d'autre plaisir. Une fois
pourtant la curiosité de son sexe, et la sienne
propre, lui fit écouter une conversation secrete
des deux bergeres. Le vieillard avoit permis à

l'aînée de lire certaines fables amoureuses que
l'on composoit alors, à-peu-près comme nos ro=
mans, et l'avoit défendu à la cadette, lui trou=
vant l'esprit trop ouvert et trop éveillé. C'est
une conduite que nos meres de maintenant sui=
vent aussi : elles défendent à leurs filles cette
lecture pour les empêcher de savoir ce que c'est
qu'amour : en quoi je tiens qu'elles ont tort, et
cela est même inutile, la Nature servant d'As=
trée. Ce qu'elles gagnent par-là n'est qu'un peu
de temps : encore n'en gagnent-elles point ; une
fille qui n'a rien lu croit qu'on n'a garde de la
tromper, et est plutôt prise. Il est de l'amour
comme du jeu ; c'est prudemment fait que d'en
apprendre toutes les ruses, non pas pour les
pratiquer, mais afin de s'en garantir. Si jamais
vous avez des filles, laissez-les lire.

Celles-ci s'entretenoient à l'écart. Psyché étoit
assise à quatre pas d'elles sans qu'on la vît.

La jeune bergere disoit à l'aînée : Je vous prie,
ma sœur, consolez-moi : je ne me trouve plus

belle comme je faisois : vous semble-t-il pas que
la présence de Psyché nous ait changées l'une
et l'autre? j'avois du plaisir à me regarder de=
vant qu'elle vînt; je n'y en ai plus. Et ne vous
regardez pas, dit l'aînée. Il se faut bien regar=
der, reprit la cadette : comment feroit-on autre=
ment pour s'ajuster comme il faut? pensez-vous
qu'une fille soit comme une fleur, qui sait arran=
ger ses feuilles sans se servir de miroir? Si j'étois
rencontrée de quelqu'un qui ne me trouvât pas
à son gré?

Rencontrée dans ce désert! dit l'aînée : vous
me faites rire. Je sais bien, reprit la cadette, qu'il
est difficile d'y aborder ; mais cela n'est pas abso=
lument impossible. Psyché n'a point d'ailes, ni
nous non plus; nous nous y rencontrons cepen=
dant. Mais, à propos de Psyché, que signifient
les paroles qu'elle a gravées sur nos hêtres? pour=
quoi mon pere l'a-t-il priée de ne me les point
expliquer? d'où vient qu'elle soupire incessam=
ment? qui est cet Amour qu'elle dit qu'elle aime?

Il faut que ce soit son frere, repartit l'aînée.
Je gagerois bien que non, dit la jeune fille. Vous
qui parlez, feriez-vous tant de façons pour un
frere?

C'est donc son mari, répliqua la sœur?

Je vous entends bien, reprit la cadette : mais
les maris viennent-ils au monde tout faits? ne
sont-ils point quelque autre chose auparavant?
qu'étoit l'Amour à sa femme devant que de l'é=
pouser? c'est ce que je vous demande.

Et ce que je ne vous dirai pas, répondit la
sœur; car on me l'a défendu.

Vous seriez bien étonnée, dit la cadette, si je
le savois déja. C'est un mot qui m'est venu dans
l'esprit sans que personne me l'ait appris : De=
vant que l'Amour fût le mari de Psyché, c'étoit
son amant. Qu'est-ce à dire amant? s'écria l'aînée;
y a-t-il des amants au monde? S'il y en a! reprit
la cadette : votre cœur ne vous l'a-t-il point en=
core dit? il y a tantôt six mois que le mien ne me
parle d'autre chose. Petite fille, reprit sa sœur,

si l'on vous entend, vous serez criée. Quel mal
y a-t-il à ce que je dis? lui repartit la jeune ber=
gere. Hé! ma chere sœur, continua-t-elle en lui
jetant les deux bras au cou, apprenez-moi, je
vous prie, ce qu'il y a dans vos livres. On ne le
veut pas, dit l'aînée. C'est à cause de cela, reprit
la cadette, que j'ai une extrême envie de le sa=
voir. Je me lasse d'être un enfant et une igno=
rante. J'ai résolu de prier mon pere qu'il me
mene un de ces jours à la ville : et la premiere
fois que Psyché se parlera à elle-même, ce qui
lui arrive souvent étant seule, je me cacherai
pour l'entendre.

Cela n'est pas nécessaire, dit tout haut Psy=
ché de l'endroit où elle étoit. Elle se leva aussi=
tôt, et courut à nos deux bergeres, qui se jete=
rent à ses genoux, si confuses qu'à peine purent=
elles ouvrir la bouche pour lui demander par=
don. Psyché les baisa, les prit par la main, et
les fit asseoir à côté d'elle, puis leur parla de cette
maniere :

Vous n'avez rien dit qui m'offense, les belles filles. Et vous, continua-t-elle en s'adressant à la jeune sœur et en la baisant encore une fois, je vous satisferai tout-à-l'heure sur vos soupçons. Votre pere m'avoit priée de ne le pas faire : mais puisque ses précautions sont inutiles, et que la nature vous en a déja tant appris, je vous dirai qu'en effet il y a au monde un certain peuple agréable, insinuant, dont les manieres sont tout= à-fait douces, qui ne songe qu'à nous plaire, et nous plaît aussi : il n'a rien d'extraordinaire en son visage ni en sa mine, cependant nous le trouvons beau par-dessus tous les autres peu= ples de l'univers. Quand on en vient là, les sœurs et les freres ne sont plus rien. Ce peuple est ré= pandu par toute la terre sous le nom d'amants. De vous dire précisément comme il est fait, c'est une chose impossible ; en certains pays il est blanc ; en d'autres pays il est noir. L'Amour ne dédaignoit pas d'en faire partie. Ce Dieu étoit mon amant devant que de m'épouser ; et ce qui

vous étonneroit si vous saviez comme se gou=
verne le monde, c'est qu il l'étoit même étant
mon mari : mais il ne l'est plus.

Ensuite de cette déclaration, Psyché leur con=
ta son aventure bien plus au long qu'elle ne l'a=
voit contée au vieillard. Son récit étant achevé :
Je vous ai, dit-elle, conté ces choses afin que
vous fassiez dessus des réflexions, et qu'elles
vous servent pour la conduite de votre vie. Non
que mes malheurs, provenant d'une cause ex=
traordinaire, doivent être tirés à conséquence
par des bergeres, ni qu'ils doivent vous dégoû=
ter d'une passion dont les peines mêmes sont
des plaisirs : comment résisteriez-vous à la puis=
sance de mon mari? tout ce qui respire lui sa=
crifie. Il y a des cœurs qui s'en voudroient dis=
penser; ces cœurs y viennent à leur tour. J'ai vu
le temps que le mien étoit du nombre; je dor=
mois tranquillement, on ne m'entendoit point
soupirer, je ne pleurois point : je n'étois pas plus
heureuse que je le suis. Cette félicité languis=

sante n'est pas une chose si souhaitable que votre pere se l'imagine : les philosophes la cher= chent avec un grand soin, les morts la trouvent sans nulle peine. Et ne vous arrêtez pas à ce que les poëtes disent de ceux qui aiment : ils leur font passer leur plus bel âge dans les ennuis : les ennuis d'amour ont cela de bon qu'ils n'en= nuient jamais. Ce que vous avez à faire est de bien choisir, et de choisir une fois pour toutes : une fille qui n'aime qu'en un endroit ne sauroit être blâmée; pourvu que l'honnêteté, la discré= tion, la prudence, soient conductrices de cette affaire, et pourvu qu'on garde des bornes, c'est= à-dire qu'on fasse semblant d'en garder. Quand vos amours iront mal, pleurez, soupirez, dés= espérez-vous : je n'ai que faire de vous le dire; faites seulement que cela ne paroisse pas : quand elles iront bien, que cela paroisse encore moins, si vous ne voulez que l'envie s'en mêle, et qu'elle corrompe de son venin toute votre béatitude, comme vous voyez qu'il est arrivé à mon égard.

J'ai cru vous rendre un fort bon office en vous
donnant ces avis; et ne comprends pas la pen=
sée de votre pere. Il sait bien que vous ne de=
meurerez pas toujours dans cette ignorance :
qu'attend-il donc? que votre propre expérience
vous rende sages? Il me semble qu'il vaudroit
mieux que ce fût l'expérience d'autrui, et qu'il
vous permît la lecture à l'une aussi bien qu'à
l'autre : je vous promets de lui en parler.

Psyché plaidoit la cause de son époux : et peut=
être sans cela n'auroit-elle pas inspiré ces senti=
ments aux deux jeunes filles. Les sœurs l'écou=
toient comme une personne venue du ciel. Il se
tint ensuite entre les trois Belles un conseil se=
cret touchant les affaires de notre héroïne.

Elle demanda aux bergeres ce qu'il leur sem=
bloit de son aventure, et quelle conduite elle
avoit à tenir de là en avant. Les sœurs la prie=
rent de trouver bon qu'elles demeurassent dans
le respect, et s'abstinssent de dire leur sentiment :
il ne leur appartenoit pas, dirent-elles, de déli=

bérer sur la fortune d'une déesse : quel conseil pouvoit-on attendre de deux jeunes filles qui n'avoient encore vu que leur troupeau?

Notre héroïne les pressa tant, que l'aînée lui dit qu'elle approuvoit ses soumissions et son re= pentir : qu'elle lui conseilloit de continuer : car cela ne pouvoit lui nuire, et pouvoit extrême= ment lui profiter : qu'assurément son mari n'a= voit point discontinué de l'aimer; ses reproches, et le soin qu'il avoit eu d'empêcher qu'elle ne mourût, sa colere même, en étoient des témoi= gnages infaillibles : il vouloit, sans plus, lui faire acheter ses bonnes graces, pour les lui rendre plus précieuses. C'étoit un second ragoût dont il s'avisoit, et qui, tout considéré, n'étoit pas à beaucoup près si étrange que le premier.

La cadette fut d'un avis tout contraire, et s'emporta fort contre l'Amour. Ce Dieu étoit-il raisonnable? avoit-il des yeux de laisser languir à ses pieds la fille d'un roi, reine elle-même de la beauté, tout cela parcequ'on avoit eu la curio=

sité de le voir? La belle raison de quitter sa
femme, et de faire un si grand bruit! S'il eût été
laid, il eût eu sujet de se fâcher; mais étant si
beau, on lui avoit fait plaisir. Bien loin que
cette curiosité fût blâmable, elle méritoit d'être
louée, comme ne pouvant provenir que d'excès
d'amour. Si vous m'en croyez, madame, vous at=
tendrez que votre mari revienne au logis. Je ne
connois ni le naturel des Dieux ni celui des
hommes; mais je juge d'autrui par moi-même,
et crois que chacun est fait à-peu-près de la
même sorte : quand nous avons quelque diffé=
rend ma sœur et moi, si je fais la froide et l'in=
différente, elle me recherche ; si elle se tient sur
son quant à moi, je vais au-devant.

Psyché admira l'esprit de nos deux bergeres,
et conjectura que la cadette avoit attrapé les li=
vres dont la bibliotheque de sa sœur étoit com=
posée, et les avoit lus en cachette : ajoutez aux
livres l'excellence du naturel, lequel ayant été
fort heureux dans la mere de ces deux filles,

revivoit en l'une et en l'autre avec avantage, et n'avoit point été abâtardi par la solitude.

Psyché préféra l'avis de l'aînée à celui de la ca= dette. Elle résolut de se mettre en quête de son mari dès le lendemain.

Cette entreprise avoit quelque chose de hardi et de bien étrange. La fille d'un roi aller ainsi seule ! car pour être femme d'un Dieu, ce n'étoit pas une qualité qui dût faire trouver de la mes= séance en la chose : les Déesses vont et viennent comme il leur plaît, et personne n'y trouve à dire. La difficulté étoit plus grande à l'égard de notre héroïne : non seulement elle appréhendoit de rencontrer les satellites de son ennemie, mais tous les hommes en général. Et le moyen d'em= pêcher qu'on ne la reconnût d'abord ? Quoique son habit fût de deuil, c'étoit aussi un habit de noces, chargé de diamants en beaucoup d'en= droits, et qui avoit consumé deux années du re= venu de son pere. Tant de beauté en une per= sonne, et de richesses en son vêtement, tente=

roient le premier venu. Elle espéroit véritable=
ment que son mari préserveroit la personne, et
empêcheroit que l'on n'y touchât : les diamants
deviendroient ce qu'il plairoit au Destin. Quand
elle n'auroit rien espéré, je crois qu'il n'en eût
été autre chose. Io courut par toute la terre : on
dit qu'elle étoit piquée d'une mouche; je soup=
çonne fort cette mouche de ressembler à l'Amour
autrement que par les ailes. Bien prit à Psyché
que la mouche qui la piquoit étoit son mari : cela
excusoit toutes choses.

L'aînée des deux filles lui proposa de se faire
faire un autre habit dans cette ville voisine
dont j'ai parlé : leur pere auroit ce soin-là si elle
le jugeoit à propos. Psyché, qui voyoit que cette
fille étoit d'une taille à-peu-près comme la sienne,
aima mieux changer d'habit avec elle, et vou=
lut que la métamorphose s'en fît sur-le-champ.
C'étoit une occasion de s'acquitter envers ses
hôtesses. Quelle satisfaction pour elle si le prix
de ces diamants augmentoit celui de ces filles,

et y faisoit mettre l'enchere par plus d'amants!

Qui se trouva empêchée, ce fut la bergere.
Le respect, la honte, la répugnance de recevoir
ce présent, mille choses l'embarrassoient : elle
appréhendoit que son pere ne la blâmât. Tou=
tes bergeres qu'étoient ces filles, elles avoient
du cœur, et se souvenoient de leur naissance
quand il en étoit besoin. Il fallut cette fois-là que
l'aînée se laissât persuader; à condition, dit-elle,
que cet habit lui tiendroit lieu de dépôt.

Nos deux travesties se trouverent en leurs nou=
veaux accoutrements comme si Psyché n'eût fait
toute sa vie autre chose qu'être bergere, et la ber=
gere qu'être princesse. Quand elles se présente=
rent au vieillard, il eut de la peine à les recon=
noître. Psyché se fit un divertissement de cette
métamorphose. Elle commençoit à mieux espé=
rer, goûtant les raisons qu'on lui apportoit.

Le lendemain, ayant trouvé le vieillard seul,
elle lui parla ainsi : Vous ne pouvez pas toujours
vivre, et êtes en un âge qui vous doit faire son=

ger à vos filles : que deviendront-elles si vous
mourez?

Je leur laisserai le Ciel pour tuteur, reprit le
vieillard; puis l'aînée a de la prudence, et toutes
deux ont assez d'esprit. Si la Parque me sur=
prend, elles n'auront qu'à se retirer dans cette
ville voisine : le peuple y est bon, et aura soin
d'elles. Je vous confesse que le plus sûr est de
prévenir la Parque. Je les conduirai moi-même
en ce lieu dès que vous serez partie. C'est un lieu
de félicité pour les femmes ; elles y font tout ce
qu'elles veulent, et cela leur fait vouloir tout ce
qui est bien. Je ne crois pas que mes filles en
usent autrement. S'il étoit bienséant à moi de les
louer, je vous dirois que leurs inclinations sont
bonnes, et que l'exemple et les leçons de leur
mere ont trouvé en elles des sujets déja disposés
à la vertu. La cadette ne vous a-t-elle point sem=
blé un peu libre?

Ce n'est que gaieté et jeunesse, reprit Psyché.
Elle n'aime pas moins la gloire que son aînée.

L'âge lui donnera de la retenue : la lecture lui en auroit déja donné si vous y aviez consenti. Au reste, servez-vous des diamants qui sont sur l'ha= bit que j'ai laissé à vos filles : cela vous aidera peut= être à les marier. Non que leur beauté ne soit une dot plus que suffisante; mais vous savez aussi bien que moi que quand la beauté est riche, elle est de moitié plus belle.

Le vieillard eut trop de fierté pour un phi= losophe. Il ne se voulut charger de l'habit qu'à condition de n'y point toucher. Dès le même jour tous quatre partirent de ce désert.

Quand ils eurent passé la ravine et le petit sentier bordé de ronces, ils se séparerent. Le vieillard, avec ses enfants, prit le chemin de la ville; Psyché, celui que la fortune lui présenta. La peine de se quitter fut égale, et les larmes bien réciproques. Psyché embrassa cent fois les deux jeunes filles, et les assura que, si elle ren= troit en grace, elle feroit tant auprès de l'Amour qu'il les combleroit de ses biens, leur départi=

roit à petite mesure ses maux, justement ce qu'il
en faudroit pour leur faire trouver les biens meil=
leurs. Après le renouvellement des adieux et ce=
lui des larmes, chacun suivit son chemin : ce ne
fut pas sans tourner la tête.

La famille du vieillard arriva heureusement
dans le lieu où elle avoit dessein de s'établir. Je
vous conterois ses aventures si je ne m'étois point
prescrit des bornes plus resserrées. Peut-être
qu'un jour les mémoires que j'ai recueillis tom=
beront entre les mains de quelqu'un qui s'exer=
cera sur cette matiere, et qui s'en acquittera
mieux que moi : maintenant je n'acheverai que
l'histoire de notre héroïne.

Sitôt que Psyché eut perdu de vue le vieillard
et sa famille, son dessein se représenta à elle tel
qu'il étoit, avec ses inconvénients, ses dangers,
ses peines, dont elle n'avoit apperçu jusque-là
qu'une petite partie. Il ne lui restoit de tant de
trésors qu'un simple habit de bergere. Les pa=
lais où il lui falloit coucher étoient quelquefois le

tronc d'un arbre, quelquefois un antre ou une
masure. Là, pour compagnie, elle rencontroit
des hiboux et force serpents. Son manger croîs=
soit sur le bord de quelque fontaine, ou pendoit
aux branches des chênes, ou se trouvoit parmi
celles des palmiers. Qui l'auroit vue pendant le
midi, lorsque la campagne n'est qu'un désert,
contrainte de s'appuyer contre la premiere pierre
qu'elle rencontroit, et, n'en pouvant plus de cha=
leur, de faim et de lassitude, priant le Soleil de
modérer quelque peu l'excessive ardeur de ses
rayons, puis considérant la terre, et ressuscitant
avec ses larmes les herbes que la canicule avoit
fait mourir; qui l'auroit vue, dis-je, en cet état,
et ne se seroit pas fondu en pleurs aussi bien
qu'elle, auroit été un véritable rocher.

Deux jours se passerent à aller de côté et d'au=
tre, puis revenir sur ses pas, aussi peu certaine
du lieu par où elle vouloit commencer sa quête,
que de la route qu'il falloit prendre. Le troi=
sieme, elle se souvint que l'Amour lui avoit re=

commandé sur toutes choses de le venger. Psy=
ché étoit bonne : jamais elle n'auroit pu se résou=
dre de faire du mal à ses sœurs autrement que
par un motif d'obéissance, quelque méchantes
et quelque dignes de punition qu'elles fussent.
Que si elle avoit voulu tuer son mari, ce n'étoit
pas comme son mari, mais comme dragon. Aussi
ne se proposa-t-elle point d'autre vengeance que
de faire accroire à chacune de ses sœurs séparé=
ment que l'Amour vouloit l'épouser, ayant ré=
pudié leur cadette comme indigne de l'honneur
qu'il lui avoit fait : tromperie qui, dans l'appa=
rence, n'aboutissoit qu'à les faire courir l'une et
l'autre, et leur faire consumer un peu plus de
temps autour d'un miroir.

Dans cette résolution, elle se remet en che=
min : et comme une personne de son sexe vint à
passer (elle avoit soin de se détourner des hom=
mes), elle la pria de lui dire par où on alloit à
certains royaumes, situés en un canton qui étoit
entre telle et telle contrée, enfin où régnoient

les sœurs de Psyché. Le nom de Psyché étoit plus connu que celui de ces royaumes ; ainsi cette femme comprit par-là ce qu'on lui demandoit, et enseigna à notre bergere une partie de la route qu'il falloit suivre.

À la premiere croisée de chemins qu'elle ren= contra ses frayeurs se renouvelerent. Les gens qu'avoit envoyés Vénus pour se saisir d'elle ayant rendu à leur reine un fort mauvais compte de leur recherche, cette Déesse ne trouva point d'autre expédient que de faire trompetter sa ri= vale. Le Crieur des Dieux est Mercure ; c'est un de ses cent métiers. Vénus le prit dans sa belle humeur ; et après s'être laissé dérober par ce Dieu deux ou trois baisers et une paire de pen= dants d'oreilles, elle fit marché avec lui, moyen= nant lequel il se chargea de crier Psyché par tous les carrefours de l'univers, et d'y faire planter des poteaux où ce placard seroit affiché :

> De par la reine de Cythere,
> Soient dans l'un et l'autre hémisphere

Tous humains dûment avertis
Qu'elle a perdu certaine esclave blonde,
Se disant femme de son fils,
Et qui court à présent le monde.
Quiconque enseignera sa retraite à Vénus,
Comme c'est chose qui la touche,
Aura trois baisers de sa bouche;
Qui la lui livrera, quelque chose de plus.

Notre bergere rencontra donc un de ces po=
teaux; il y en avoit à toutes les croisées de che=
mins un peu fréquentés. Après six jours de tra=
vail elle arriva au royaume de son aînée. Cette
malheureuse femme savoit déja, par le moyen
des placards, ce qui étoit arrivé à sa sœur. Ce
jour-là elle étoit sortie afin d'en voir un. La satis=
faction qu'elle en eut fut véritablement assez
grande pour mériter qu'elle la goûtât à loisir.
Ainsi elle renvoya à la ville la meilleure partie
de son train; et voulut coucher en une maison
des champs où elle alloit quelquefois, située au=
dessus d'une prairie fort agréable et fort étendue.
Là sa joie se dilatoit, quand notre bergere passa.

La maudite reine avoit voulu qu'on la laissât seule. Deux ou trois de ses officiers et autant de femmes se promenoient à cinq cents pas d'elle, et s'entretenoient possible de leur amour, plus attachés à ce qu'ils disoient qu'à ce que pensoit leur maîtresse.

Psyché la reconnut d'assez loin. L'autre étoit tellement occupée à se réjouir du placard, que sa sœur se jeta à ses genoux devant qu'elle l'ap= perçût. Quelle témérité à une bergere! sur= prendre sa majesté! la retirer de ses rêveries! se jeter à ses genoux sans l'en avertir; il falloit châ= tier cette audacieuse. Et qui es-tu, insolente, qui oses ainsi m'approcher?

Hélas! madame, je suis votre sœur, autrefois l'épouse de Cupidon, maintenant esclave, et ne sachant presque que devenir. La curiosité de voir mon mari l'a mis en telle colere qu'il m'a chassée. Psyché, m'a-t-il dit, vous ne méritez pas d'être aimée d'un Dieu : pourvoyez-vous d'époux ou d'amant, comme vous le jugerez à propos; car

de votre vie vous n'aurez aucune part à mon
cœur. Si je l'avois donné à votre aînée, elle l'au=
roit conservé, et ne seroit pas tombée dans la
faute que vous avez faite ; je ne serois pas malade
d'une brûlure qui me cause des douleurs extrê=
mes, et dont je ne guérirai de long-temps. Vous
n'avez que de la beauté ; j'avoue que cela fait naî=
tre l'amour ; mais pour le faire durer il faut autre
chose, il faut ce qu'a votre aînée, de l'esprit, de
la beauté, et de la prudence. Je vous ai dit les
raisons qui m'empêchoient de me laisser voir :
votre sœur s'y seroit rendue ; mais pour vous ce
n'a été que légèreté d'esprit, contradiction, opi=
niâtreté. Je ne m'étonne plus que ma mere ait
désapprouvé notre mariage ; elle voyoit vos dé=
fauts : que je lui propose de trouver bon que j'é=
pouse votre sœur, je suis certain qu'elle l'agréera.
Si je faisois cas de vous, je prendrois le soin moi=
même de vous punir : je laisse cela à ma mere ;
elle saura s'en acquitter. Soyez son esclave, puis=
que vous ne méritez pas d'être mon épouse. Je

vous répudie, et vous donne à elle. Votre emploi
sera, si elle me croit, de garder certaine sorte
d'oisons qu'elle fait nourrir dans sa ménagerie
d'Amathonte. Allez la trouver tout incontinent,
portez-lui ces lettres, et passez par le royaume
de votre aînée. Vous lui direz que je l'aime, et
que, si elle veut m'épouser, tous ces trésors sont à
elle. Je vous ai traitée comme une étourdie et
comme un enfant : je la traiterai d'une autre ma=
niere, et lui permettrai de me voir tant qu'il lui
plaira. Qu'elle vienne seulement, et s'abandonne
à l'haleine du Zéphyre, comme déja elle a fait ;
j'aurai soin qu'elle soit enlevée dans mon palais.
Oubliez entièrement notre hymen : je ne veux
pas qu'il vous en reste la moindre chose ; non
pas même cet habit que vous portez maintenant :
dépouillez-le tout-à-l'heure, en voilà un autre.
Il a fallu obéir. Voilà, madame, quel est mon
sort.

La sœur, se croyant déja entre les bras de l'A=
mour, chatouillée de ce témoignage de son mé=

rite, et de mille autres pensées agréables, ne mar=
chanda point à se résoudre en son ame à quitter
mari et enfants. Elle fit pourtant la petite bouche
devant Psyché; et regardant sa cadette avec un
visage de matrone : Ne vous avois-je pas dit aussi,
lui repartit-elle, qu'une honnête femme se devoit
contenter du mari que les Dieux lui avoient
donné, de quelque façon qu'il fût fait, et ne pas
pénétrer plus avant qu'il ne plaisoit à ce mari
qu'elle pénétrât? Si vous m'eussiez crue, vous ne
seriez pas vagabonde comme vous êtes. Voilà ce
que c'est qu'une jeunesse inconsidérée, qui veut
agir à sa tête, et qui ne croit pas conseil. Encore
êtes-vous heureuse d'en être quitte à si bon mar=
ché. Vous méritiez que votre mari vous fît enfer=
mer dans une tour. Or bien ne raisonnons plus
sur une faute arrivée. Ce que vous avez à faire
est de vous montrer le moins qu'il sera possible;
et puisqu'Amour veut que vous ne bougiez d'a=
vec les oisons, ne les point quitter. Il y a même
trop de somptuosité à votre habit. Cela ne sent

pas sa criminelle assez repentante. Coupez ces
cheveux, et prenez un sac; je vous en ferai don=
ner un : vous laisserez ici cet accoutrement.

Psyché la remercia.

Puisque vous voulez, ajouta la faiseuse de re=
montrances, suivre toujours votre fantaisie, je
vous abandonne, et vous laisse aller où il vous
plaira. Quant aux propositions de l'Amour, nous
ferons ce qu'il sera à propos de faire.

Là-dessus elle se tourna vers ses gens, et laissa
Psyché, qui ne s'en soucioit pas trop, et qui voyoit
bien que son aînée avoit mordu à l'hameçon;
car à peine tenoit-elle à terre n'en pouvant plus
qu'elle ne fût seule pour donner un libre cours
à sa joie.

Psyché, de ce même pas, s'en alla faire à son
autre sœur la même ambassade. Cette sœur-ci
n'avoit plus d'époux. Il étoit allé en l'autre monde
à grandes journées, et par un chemin plus court
que celui que tiennent les gens du commun : les
médecins le lui avoient enseigné. Quoiqu'il n'y

eût pas plus d'un mois qu'elle étoit veuve, il y
paroissoit déja ; c'est-à-dire que sa personne étoit
en meilleur état : peut-être l'entendiez-vous d'au=
tre sorte. Si bien que cette puînée étant de deux
ans plus jeune, plus nouvelle mariée, et moins
de fois mere que l'autre, le rétablissement de
ses charmes n'étoit pas une affaire de si longue
haleine : elle pouvoit bien plutôt et plus hardi=
ment se présenter à l'Amour.

L'autre avoit des réparations à faire de tous
les côtés. Le bain y fut employé, les chymistes,
les atourneuses. Cela étonna le roi son mari. La
galanterie croissoit à vue d'œil, les galants ne
paroissoient point. Il n'y avoit ni ingrédient, ni
eau, ni essence qu'on n'éprouvât : mais tout cela
n'étoit que plâtrer la chose. Les charmes de la
pauvre femme étoient trop avant dans les chro=
niques du temps passé pour les rappeler si fa=
cilement.

Tandis qu'elle fait ses préparatifs, sa seconde
sœur la prévient, s'en va droit à cette montagne

dont nous avons tant parlé, arrive au sommet sans rencontrer de dragons. Cela lui plut fort : elle crut qu'Amour lui épargnoit ces frayeurs par un privilege particulier ; tourna vers l'en= droit où elle et sa sœur avoient coutume de se présenter ; et, pour être enlevée plus aisément par le Zéphyre, elle se planta sur un roc qui commandoit aux abymes de ces lieux-là.

Amour, dit-elle, me voilà venue : notre étour= die de cadette m'a assurée que tu me voulois épouser. Je n'attendois autre chose, et me dou= tois bien que tu la répudierois pour l'amour de moi ; car c'est une écervelée. Regarde comme je te suis déja obéissante. Je ne ferai pas comme a fait ma sœur Psyché. Elle a voulu à toute force te voir : moi, je veux tout ce que l'on veut : mon= tre-toi, ne te montre pas, je me tiendrai très heureuse. Si tu me caresses, tu verras comme je sais y répondre : si tu ne me caresses pas, mon défunt mari m'y a tout accoutumée. Je te ferai rire de son régime, et je t'en dirai mille choses

divertissantes : tu ne t'ennuieras point avec moi.
Ma sœur Psyché n'étoit qu'un enfant qui ne sa=
voit rien : moi je suis un esprit fait. Ô Dieux ! je
sens déja une douce haleine. C'est celle de ton
serviteur Zéphyre. Que ne l'as-tu envoyé lui=
même ? il m'auroit plutôt enlevée ; j'en serois plu=
tôt entre tes bras, et tu en serois plutôt entre les
miens : je prétends que tu trouves la chose égale ;
et puisque tu as de l'amour, tu dois avoir aussi
de l'impatience. Adieu, misérables mortelles que
les hommes aiment : vous voudriez bien être ai=
mées comme moi d'un Dieu qui n'eût point de
poil au menton : ce n'est pas pour vous ; qu'il
vous suffise de m'invoquer, et je pourvoirai à vos
nécessités amoureuses.

Disant ces paroles, elle s'abandonna dans les
airs à son ordinaire ; et, au lieu d'être enlevée
dans le palais de l'Amour, elle tomba première=
ment sur une pointe de rocher, et puis sur une
autre, de roc en roc : chacun d'eux emporta sa
pièce ; ils se la renvoyoient les uns aux autres

comme un jouet, de maniere qu'elle arriva le
plus joliment du monde au royaume de Proser=
pine.

Quelques jours après, son aînée se vint plan=
ter sur le même roc. Celle-ci fit sa harangue au
Zéphyre.

Amant de Flore, lui cria-t-elle , quitte tes
amours, et me viens porter dans le palais de
ton maître. Ne me blesse point en chemin ; je
suis délicate. Que si tu ne veux envoyer que ton
haleine , cela suffira ; aussi bien n'aimé-je pas
qu'on me touche, principalement les hommes :
pour l'Amour, tant qu'il lui plaira. Prends garde
sur-tout à ne point gâter ma coëffure.

Ayant dit ces mots , elle tira un miroir de
sa poche, et fut quelque temps à se regarder,
raccommodant un cheveu en un endroit, puis
un en un autre, quelquefois rien ; non sans se
mouiller les levres, et tant de façons que si l'A=
mour avoit été là il en auroit ri. Elle remit son
miroir ; accusant le plus agréablement qu'elle

put le Zéphyre d'être un paresseux, qui ne se
soucioit que de ses amours, négligeoit celles de
son maître : se moquoit-il, de la laisser au soleil ?
Justement comme elle achevoit ces reproches,
un petit Eurus qui s'étoit fortuitement égaré vint
passer à quatre pas d'elle; jugez la joie. Notre
prétendue fiancée se donne le branle à soi-même :
mais, au lieu d'aller trouver l'Amour comme elle
pensoit, elle va trouver sa sœur, droit par le che=
min que l'autre lui avoit tracé, sans se détourner
d'un pas.

Ce sont les échos de ces rochers qui nous ont
appris la mort des deux sœurs. Ils la conterent
quelque temps après au Zéphyre. Lui, inconti=
nent, en alla porter la nouvelle au fils de Vé=
nus, qui le régala d'un fort beau présent.

Psyché cependant continuoit de chercher l'A=
mour, toujours en son habit de bergere. Il avoit
une telle grace sur elle, que si son ennemie l'eût
vue avec cet habit, elle lui en auroit donné un
de déesse en la place. Les afflictions, le travail,

la crainte, le peu de repos et de nourriture, avoient toutefois diminué ses appas; si bien que, sans une force de beauté extraordinaire, ce n'au= roit plus été que l'ombre de cet objet qui avoit tant fait parler de lui dans le monde. Bien lui prit d'avoir des charmes à moissonner pour le temps et pour la douleur, et encore de reste pour elle. Le plus cruel de son aventure étoit les craintes qu'on lui donnoit. Tantôt elle enten= doit dire que Vénus la faisoit chercher par d'au= tres gens; quelquefois même qu'elle étoit tombée entre les mains de son ennemie, qui, à force de tourments, l'avoit rendue méconnoissable.

Un jour elle eut une telle alarme qu'elle se jeta dans une chapelle de Cérès, comme en un asyle qui de bonne fortune se présentoit. Cette cha= pelle étoit près d'un champ dont on venoit de couper les blés. Là, les laboureurs des environs offroient tous les ans les prémices de leur récolte. Il y avoit un grand monceau de javelles à l'entrée du temple. Notre bergere se prosterna devant

l'image de la Déesse ; puis lui mit au bras un
chapeau de fleurs, lesquelles elle venoit de cueil=
lir en courant et sans aucun choix, c'étoit de ces
fleurs qui croissent parmi les blés. Psyché avoit
oui dire aux sacrificateurs de son pays qu'elles
plaisoient à Cérès, et qu'une personne qui vou=
loit obtenir des Dieux quelque chose ne devoit
point entrer dans leurs maisons les mains vuides.
Après son offrande elle se remit à genoux, et fit
ainsi sa priere :

Divinité la plus nécessaire qui soit au monde,
nourrice des hommes, protege-moi contre celle
que je n'ai jamais offensée : souffre seulement que
je me cache pour quelques jours entre les javel=
les qui sont à la porte de ton temple, et que je
vive du blé qui en tombera. Cythérée se plaint de
ce que son fils m'a voulu du bien ; mais, puis=
qu'il ne m'en veut plus, n'est-ce pas assez de sa=
tisfaction pour elle et assez de peine pour moi ?
Faut-il que la colere des Dieux soit si grande !
S'il est vrai que la Justice se soit retirée parmi

eux, ils doivent considérer l'innocence d'une per=
sonne qui leur a obéi en se mariant. Ai-je cor=
rompu l'oracle? ai-je usé d'aucun artifice pour me
faire aimer? puis-je mais si un Dieu me voit?
quand je m'enfermerois dans une tour, ne me
verroit-il pas? Tant s'en faut qu'en l'épousant je
crusse faire du déplaisir à sa mere, car je croyois
épouser un monstre. Il s'est trouvé que c'étoit
l'Amour, et que j'avois plu à ce Dieu. C'est donc
un crime d'être agréable! Hélas! je ne le suis
plus, et ne l'ai jamais été par ma faute. Il ne se
trouvera point que j'aie employé ni afféterie ni
paroles ensorcelantes. Vénus a encore sur le cœur
l'indiscrétion des mortels qui ont quitté son culte
pour m'honorer. Qu'elle se plaigne donc des mor=
tels; mais de moi, c'est une injustice. Je leur ai
dit qu'ils me faisoient tort. Si les hommes sont
imprudents, ce n'est pas à dire que je sois cou=
pable.

C'est ainsi que notre bergere se justifioit à Cé=
rès. Soit que les Déesses s'entendent, ou que

celle-ci fût fâchée de ce qu'on l'avoit appelée nour=
rice, ou que le Ciel veuille que nos prieres soient
véritablement des prieres et non des apologies,
celle de Psyché ne fut nullement écoutée. Cérès
lui cria de la voûte de sa chapelle qu'elle se re=
tirât au plus vîte, et laissât le tas de javelles
comme il étoit ; sinon Vénus en auroit l'avis.
Pourquoi rompre en faveur d'une mortelle avec
une Déesse de ses amies ? Vénus ne lui en avoit
donné aucun sujet. Qu'on dît tout ce qu'on vou=
droit de sa conduite, c'étoit une bonne femme,
qui lui avoit obligation, à la vérité, ainsi qu'à
Bacchus ; mais elle le savoit bien reconnoître,
et le publioit par-tout.

Ce fut beaucoup de déplaisir à Psyché de se
voir exclue d'un asyle où elle auroit cru être
mieux venue qu'en pas un autre qui fût au monde.
En effet, si Cérès, bienfaisante de son naturel,
et qui ne se piquoit pas de beauté, lui refusoit
sa protection, il n'y avoit guere d'apparence que
des Déesses tant soit peu galantes et d'humeur

jalouse lui accordassent la leur. D'y intéresser
des Dieux, c'étoit s'exposer à quelque chose de
pis que la persécution de Vénus : il falloit savoir
auparavant quelle sorte de reconnoissance ils
exigeroient de la Belle. Encore le plus à propos
étoit-il de ne s'adresser qu'aux Divinités de son
sexe, tant pour empêcher la médisance, que
pour ne donner aucun ombrage à son mari. Ju=
non là-dessus lui vint en l'esprit.

Psyché crut qu'y ayant quelque sorte d'émula=
tion entre Cythérée et cette Déesse, et pour le
crédit et pour la beauté, la reine des Dieux se=
roit bien aise de trouver une occasion de nuire
à sa concurrente, suivant l'usage de la cour et
le serment que font les femmes en venant au
monde.

Il ne fut pas difficile à notre bergere de trou=
ver Junon. La jalouse femme de Jupiter descend
souvent sur la terre, et vient demander aux mor=
tels des nouvelles de son mari.

Psyché, l'ayant rencontrée, lui chanta un

hymne où il n'étoit fait mention que de la puis=
sance de cette Déesse : en quoi elle commit une
faute : il valoit bien mieux s'étendre sur sa beauté ;
la louange en est tout autrement agréable. Ce
sont les rois que l'on n'entretient que de leur
grandeur : pour les reines, il faut les féliciter
d'autre chose, qui veut bien faire. Aussi l'épouse
de Cupidon fut-elle éconduite encore une fois.
La différence qu'il y eut, fut que celle-ci se passa
quelque peu plus mal que la premiere. Car, outre
les considérations de Cérès, Junon ajouta qu'il
falloit punir ces mortelles à qui les Dieux font
l'amour, et obliger leurs galants à demeurer au
logis. Que venoient-ils faire parmi les hommes ?
comme s'il n'y avoit pas dans le ciel assez de Beau=
tés pour eux ! Non qu'elle en parlât pour son in=
térêt, se souciant peu de ces choses, et ne crai=
gnant du côté des charmes qui que ce fût.

La reine des Dieux ne disoit pas tout : il y
avoit encore une raison plus pressante que cela,
comme on pourroit dire quelque étincelle de

ce feu dont on n'avertit les voisins que le moins qu'on peut. Une femme judicieuse ne doit point désobliger le fils de Vénus; sait-elle si quelque jour elle n'aura point affaire de lui? Apparem= ment le courroux du Dieu duroit encore contre Psyché : ainsi le plus sûr étoit de ne point entrer dans leurs différends.

Notre bergere, rebutée de tant de côtés, ne sut plus à qui s'adresser. Il restoit véritablement Diane et Pallas; mais l'une et l'autre ayant fait vœu de virginité n'auroient pas les prieres d'une femme pour agréables, et croiroient souiller leurs oreilles en les écoutant.

Toutefois, comme Diane rendoit des oracles, la bergere crut que pour le moins cette Déesse ne seroit pas si farouche que de lui en refu= ser un, et elle ne lui demanderoit autre chose. Aussi bien s'en rendoit-il en un lieu tout proche: ce ne seroit pas pour elle un fort grand détour. Le lieu étoit à l'entrée d'une forêt extrêmement solitaire et propre à la chasse. Diane y avoit un temple dont elle faisoit une de ses maisons de plaisir. On faisoit environ deux mille pas dans le bois; puis on rencontroit une clairiere qui ser= voit comme de parvis au temple. Il étoit petit, mais d'une fort belle architecture. Au milieu de la clairiere on avoit placé un obélisque de mar= bre blanc, à quatre faces, posé sur autant de bou= les, et élevé sur un piédestal ayant de hauteur moitié de celle de l'obélisque. Sur chaque côté du plinthe qui regardoit directement, aussi bien que les faces de la pyramide, le midi, le septen= trion, le couchant, et le levant, étoient entaillés ces mots :

Qui que tu sois, qui as sacrifié à l'Amour ou à l'Hy- ménée, garde-toi d'entrer dans mon sanctuaire.

Psyché, qui avoit sacrifié à l'un et à l'autre, n'osa entrer dans le temple : elle demeura à la porte, où la Prêtresse lui apporta cet oracle :

Cesse d'être errante : ce que tu cherches a des ailes : quand tu sauras comme lui marcher dans les airs, tu seras heureuse.

Ces paroles ne démentoient point l'ambiguité et l'obscurité ordinaire des réponses que font les Dieux. Psyché se tourmenta fort pour en tirer quelque sens, et n'en put venir à bout. Que le Ciel, dit-elle, me prescrive ce qu'il voudra, il faut mourir, ou trouver l'Amour. Nous ne le saurions trouver, il faut donc mourir : allons nous livrer à notre ennemie; c'en est le moyen. Mais l'ora= cle m'a assurée que je serois quelque jour heu= reuse : allons nous jeter aux pieds de Vénus; nous la servirons, nous endurerons patiemment ses outrages; cela l'émouvra à compassion, elle nous pardonnera, nous recevra pour sa fille, fera ma paix elle-même avec son fils.

C'étoient là les plus belles espérances du mon= de, et bien enchaînées, comme vous voyez; un moment de réflexion les détruisoit toutes.

Psyché se confirma toutefois dans son dessein. Elle s'informa du plus prochain temple de Cythé= rée, résolue, si la Déesse n'y étoit présente, de s'embarquer et d'aller en Cypre. On lui dit qu'à

trois ou quatre journées ce là il y en avoit un fort
fameux et fort fréquenté, portant pour inscrip=
tion : À LA DÉESSE DES GRACES. Apparemment Vé=
nus s'y plaisoit, et y tenoit souvent en personne
son tribunal, vu les miracles qui s'y faisoient, et
le grand concours de gens qui y accouroient de
tous les côtés. Il y en avoit même qui se van=
toient de l'y avoir vue plusieurs fois.

Notre bergere se met en chemin, plus heu=
reuse, ce lui sembloit, que devant l'oracle : car
elle savoit du moins ce qu'elle avoit envie de faire ;
sortiroit d'irrésolution et d'incertitude, qui sont
les pires de tous les maux ; pourroit voir l'Amour,
n'y ayant pas d'apparence que sa mere vînt si sou=
vent en un lieu sans l'y amener. Supposé que la
pauvre épouse n'eût cette satisfaction qu'en pré=
sence d'une belle-mere qui la haïssoit, et qui,
bien loin de la reconnoître pour sa bru, la trai=
teroit en esclave ; c'étoit toujours quelque chose ;
les affaires pourroient changer ; la compassion,
la vue de la Belle, son humilité, sa douceur, le

peu de liberté de l'entretenir, tout cela seroit ca=
pable de rallumer le desir du Dieu. En tout cas
elle le verroit, et c'étoit beaucoup : toutes peines
lui seroient douces quand elles lui pourroient
procurer un quart-d'heure de ce plaisir.

Psyché se flattoit ainsi : pauvre infortunée qui
ne songeoit pas combien les haines des femmes
sont violentes ! Hélas ! la Belle ne savoit guere
ce que le destin lui préparoit. Le cœur lui battit
pourtant dès qu'elle approcha de la contrée où
étoit le temple. Long-temps devant que l'on y
arrivât on respiroit un air embaumé, tant à
cause des personnes qui venoient offrir des par=
fums à la Déesse, et qui étoient parfumées elles=
mêmes, que parceque le chemin étoit bordé d'o=
rangers, de jasmins, de myrtes, et tout le pays
parsemé de fleurs.

On découvroit le temple de loin, quoiqu'il fût
situé dans une vallée ; mais cette vallée étoit spa=
cieuse, plus longue que large, ceinte de côteaux
merveilleusement agréables. Ils étoient mêlés de

bois, de champs, de prairies, d'habitations, qui
se ressentoient d'un long calme. Vénus avoit ob=
tenu de Mars une sauve-garde pour tous ces
lieux. Les animaux même ne s'y faisoient point
la guerre; jamais de loups; jamais d'autres pieges
que ceux que l'Amour fait tendre. Dès qu'on avoit
atteint l'âge de discernement on se faisoit enre=
gistrer dans la confrérie de ce Dieu ; les filles à
douze ans, les garçons à quinze. Il y en avoit à
qui l'amour venoit avant la raison. S'il se rencon=
troit une indifférente, on en purgeoit le pays; sa
famille étoit séquestrée pour un certain temps :
le clergé de la Déesse avoit soin de purifier le
canton où ce prodige étoit survenu. Voilà quant
aux mœurs et au gouvernement du pays. Il
abondoit en oiseaux de joli plumage. Quelques
tourterelles s'y rencontroient : on en comptoit
jusqu'à trois especes; tourterelles oiseaux, tour=
terelles nymphes, et tourterelles bergeres. La
seconde espece étoit rare.

Au milieu de la vallée couloit un canal de

même longueur que la plaine, large comme un
fleuve, et d'une eau si transparente, qu'un atome
se fût vu au fond; en un mot, vrai crystal fondu.
Force Nymphes et force Sirenes s'y jouoient:
on les prenoit à la main. Les personnes riches
avoient coutume de s'embarquer sur ce canal
qui les conduisoit jusqu'aux degrés du parvis.
Ils louoient je ne sais combien d'Amours; qui
plus, qui moins, selon la charge qu'avoit le vais=
seau; chaque Amour avoit son cygne, qu'il atte=
loit à la barque, et, monté dessus, il le condui=
soit avec un ruban. Deux autres nacelles sui=
voient; l'une chargée de musique, l'autre de bi=
joux et d'oranges douces. Ainsi s'en alloit la bar=
que fort gaiement.

De chaque côté du canal s'étendoit une prai=
rie verte comme fine émeraude, et bordée d'om=
brages délicieux.

Il n'y avoit point d'autres chemins : ceux-là
étoient tellement fréquentés, que Psyché jugea à
propos de ne marcher que de nuit. Sur le point

du jour elle arriva à un lieu nommé les deux sé=
pultures. Je vous en dirai la raison, parceque
l'origine du temple en dépend.

Un roi de Lydie, appelé Philocharès, pria au=
trefois les Grecs de lui donner femme. Il ne lui
importoit de quelle naissance, pourvu que la
beauté s'y trouvât : une fille est noble quand elle
est belle. Ses ambassadeurs disoient que leur
prince avoit le goût extrêmement délicat.

On lui envoya deux jeunes filles ; l'une s'appe=
loit Myrtis , l'autre Megano. Celle-ci étoit fort
grande, de belle taille, les traits du visage très
beaux, et si bien proportionnés qu'on n'y trou=
voit que reprendre ; l'esprit fort doux. Avec cela,
son esprit, sa beauté, sa taille, sa personne, ne
touchoient point, faute de vénus qui donnât le
sel à ces choses. Myrtis au contraire excelloit en
ce point-là. Elle n'avoit pas une beauté si parfaite
que Megano : même un médiocre critique y au=
roit trouvé matiere de s'exercer. En récompense,
il n'y avoit si petit endroit sur elle qui n'eût sa

vénus, et plutôt deux qu'une, outre celle qui animoit tout le corps en général. Aussi le roi la préféra-t-il à Megano, et voulut qu'on la nom= mât Aphrodisée, tant à cause de ce charme, que parceque le nom de Myrtis sentoit sa bergere ou sa nymphe au plus, et ne sonnoit pas assez pour une reine.

Les gens de sa cour, afin de plaire à leur prince, appelerent Megano Anaphrodite. Elle en conçut un tel déplaisir qu'elle mourut peu de temps après. Le roi la fit enterrer honorablement.

Aphrodisée vécut fort long-temps, et toujours heureuse, possédant le cœur de son mari tout entier : on lui en offrit beaucoup d'autres qu'elle refusa. Comme les Graces étoient cause de son bonheur, elle se crut obligée à quelque recon= noissance envers leur Déesse, et persuada à son mari de lui faire bâtir un temple; disant que c'é= toit un vœu qu'elle avoit fait.

Philocharès approuva la chose : il y consuma tout ce qu'il avoit de richesses; puis ses sujets y contribuerent. La dévotion fut si grande, que les femmes consentirent que l'on vendît leurs colliers; et, n'en ayant plus. elles suivirent l'exemple de Rhodope.

Myrtis eut la satisfaction de voir, avant que de mourir, le parachèvement de son vœu. Elle ordonna par son testament qu'on lui bâtit un tombeau le plus près du temple qu'il se pourroit, hors du parvis toutefois, joignant le chemin le plus fréquenté. Là ses cendres seroient enfermées, et son aventure écrite à l'endroit le plus en vue.

Philocharès, qui lui survécut, exécuta cette volonté. Il fit élever à son épouse un mausolée digne d'elle et de lui aussi; car son cœur y devoit tenir compagnie à celui d'Aphrodisée. Et, pour rendre plus célebre la mémoire de cette chose, et la gloire de Myrtis plus grande, on transporta en ce lieu les cendres de Megano. Elles furent mises dans un tombeau presque aussi superbe que le premier, sur l'autre côté du chemin ; les deux sépulcres se regardoient. On voyoit Myrtis sur le sien, entourée d'Amours qui lui accommodoient le corps et la tête sur des carreaux. Megano, de l'autre part, se voyoit cou= chée sur le côté, un bras sous sa tête, versant des larmes, en la posture où elle étoit morte. Sur la bordure du mausolée où reposoit la reine des Lydiens ces mots sè lisoient :

Ici repose Myrtis, qui parvint à la royauté par ses charmes, et qui en acquit le surnom d'Aphrodisée.

À l'une des faces qui regardoit le chemin ces autres paroles étoient :

Vous qui allez visiter ce temple, arrêtez un peu, et écoutez-moi. De simple bergere que j'étois née, je me suis vue reine. Ce qui m'a procuré ce bien, ce n'est pas tant la beauté que ce sont les graces. J'ai plu, et cela suffit. C'est ce que j'avois à vous dire. Honorez ma tombe de quelques fleurs; et, pour récompense, veuille la Déesse des Graces que vous plaisiez !

Sur la bordure de l'autre tombe étoient ces paroles :

Ici sont les cendres de Megano, qui ne put gagner le

cœur qu'elle contestoit, quoiqu'elle eût une beauté ac=
complie.

À la face du tombeau ces autres paroles se ren=
controient :

Si les rois ne m'ont aimée, ce n'est pas que je ne fusse
assez belle pour mériter que les Dieux m'aimassent :
mais je n'étois pas, dit-on, assez jolie. Cela se peut-il?
Oui, cela se peut, et si bien qu'on me préféra ma com=
pagne. Elle en acquit le surncm d'Aphrodisée, moi ce=
lui d'Anaphrodite. J'en suis morte de déplaisir. Adieu,
passant; je ne te retiens pas davantage. Sois plus heu=
reux que je n'ai été, et ne te mets point en peine de
donner des larmes à ma mémoire. Si je n'ai fait la joie
de personne, du moins ne veux-je troubler la joie de
personne aussi.

Psyché ne laissa pas de pleurer. Megano, dit-
elle, je ne comprends rien à ton aventure. Je veux
que Myrtis eût des graces ; n'est-ce pas en avoir
aussi que d'être belle comme tu étois? Adieu, Me=
gano : ne refuse point mes larmes ; je suis accou=
tumée d'en verser. Elle alla ensuite jeter des fleurs
sur la tombe d'Aphrodisée.

Cette cérémonie étant faite, le jour se trouva
assez grand pour lui faire considérer le temple
à son aise. L'architecture en étoit exquise, et
avoit autant de grace que de majesté. L'archi=
tecte s'étoit servi de l'ordre ionique à cause de
son élégance. De tout cela il résultoit une vénus
que je ne saurois vous dépeindre. Le frontispice
répondoit merveilleusement bien au corps. Sur
le tympan du fronton se voyoit la naissance de
Cythérée en figures de haut relief. Elle étoit as=
sise dans une conque, en l'état d'une personne
qui viendroit de se baigner, et qui ne feroit que
de sortir de l'eau. Une des Graces lui épreignoit
les cheveux encore tout mouillés ; une autre te=
noit des habits tout prêts pour les lui vêtir dès
que la troisieme auroit achevé de l'essuyer. La
Déesse regardoit son fils qui menaçoit déja l'u=
nivers d'une de ses fleches. Deux Sirenes tiroient
la conque. Mais comme cette machine étoit
grande, le Zéphyre la poussoit un peu. Des lé=
gions de Jeux et de Ris se promenoient dans

les airs : car Vénus naquit avec tout son équi=
page, toute grande, toute formée, toute prête à
recevoir de l'amour et à en donner. Les gens de
Paphos se voyoient de loin sur la rive, tendant
les mains, les levant au ciel, et ravis d'admiration.
Les colonnes et l'entablement étoient d'un mar=
bre plus blanc qu'albâtre. Sur la frise une table
de marbre noir portoit pour inscription du tem=
ple : À LA DÉESSE DES GRACES. Deux enfants à demi
couchés sur l'architrave laissoient pendre à des
cordons une médaille à deux têtes ; c'étoient celles
des fondateurs. À l'entour de la médaille on voyoit
écrit :

Philocharès et Myrtis Aphrodisée son épouse ont dé=
dié ce temple à Vénus.

Sur chaque base des deux colonnes les plus pro=
ches de la porte étoient entaillés ces mots : Ou=
VRAGE DE LYSIMANTE ; nom de l'architecte appa=
remment.

Avant que d'entrer dans le temple, je vous di=
rai un mot du parvis. C'étoient des portiques

ou galeries basses; et au-dessus des apparte=
ments fort superbes, chambres dorées, cabinets
et bains; enfin mille lieux où ceux qui appor=
toient de l'argent trouvoient de quoi l'employer;
ceux qui n'en apportoient point, on les ren=
voyoit.

Psyché, voyant ces merveilles, ne se put te=
nir de soupirer : elle se souvint du palais dont
elle avoit été la maîtresse.

Le dedans du temple étoit orné à proportion.
Je ne m'arrêterai pas à vous le décrire : c'est as=
sez que vous sachiez que toutes sortes de vœux,
dont toutes sortes de personnes s'étoient acquit=
tées, s'y voyoient en des chapelles particulieres,
pour éviter la confusion, et ne rien cacher de
l'architecture du temple. Là quelques auteurs
avoient envoyé des offrandes pour reconnois=
sance de la vénus que leur avoit départie le Ciel.
Ils étoient en petit nombre. Les autres arts,
comme la peinture et ses sœurs, en fournissoient
beaucoup davantage. Mais la multitude venoit

des Belles et de leurs amants : l'un pour des fa=
veurs secretes; l'autre pour un mariage; celle-ci
pour avoir enlevé un amant à cette autre-là. Une
certaine Callinicé, qui s'étoit maintenue jusqu'à
soixante ans bien avec les Graces, et encore
mieux avec les Plaisirs, avoit donné une lampe
de vermeil doré, et la peinture de ses amours.
Je ne vous aurois jamais spécifié ces dons : il s'en
trouvoit même de Capitaines, dont les exploits,
comme dit le bon Amyot, avoient cette grace
de soudaineté qui les rendoit encore plus agréa=
bles.

L'architecture du tabernacle n'étoit guere plus
ornée que celle du temple, afin de garder la pro=
portion; et de crainte aussi que la vue, étant dis=
sipée par une quantité d'ornements, ne s'en ar=
rêtât d'autant moins à considérer l'image de la
Déesse, laquelle étoit véritablement un chef=
d'œuvre. Quelques envieux ont dit que Praxitele
avoit pris la sienne sur le modele de celle-là. On
l'avoit placée dans une niche de marbre noir,

entre des colonnes de cette même couleur; ce
qui la rendoit plus blanche, et faisoit un bel ef=
fet à la vue.

À l'un des côtés du sanctuaire on avoit élevé
un trône où Vénus, à demi couchée sur des
coussins de senteur, recevoit, quand elle venoit
en ce temple, les adorations des mortels, et dis=
tribuoit ses graces ainsi que bon lui sembloit.
On ouvroit le temple assez matin, afin que le
peuple fût écoulé quand les personnes qualifiées
entreroient.

Cela ne servit de rien cette journée-là : car dès
que Psyché parut, on s'assembla autour d'elle.
On crut que c'étoit Vénus qui, pour quelque des=
sein caché ou pour se rendre plus familiere, peut=
être aussi par galanterie, avoit un habit de sim=
ple bergere. Au bruit de cette merveille les plus
paresseux accoururent incontinent.

La pauvre Psyché s'alla placer dans un coin
du temple, honteuse et confuse de tant d'hon=
neurs dont elle avoit grand sujet de craindre la

suite, et ne pouvoit pourtant s'empêcher d'y
prendre plaisir. Elle rougissoit à chaque mo=
ment, se détournoit quelquefois le visage, té=
moignoit qu'elle eût bien voulu faire sa priere :
tout cela en vain ; elle fut contrainte de dire qui
elle étoit. Quelques uns la crurent ; d'autres per=
sisterent dans l'opinion qu'ils avoient.

La foule étoit tellement grande autour d'elle,
que quand Vénus arriva, cette Déesse eut de la
peine à passer. On l'avoit déja avertie de cette
aventure ; ce qui la fit accourir le visage en feu
comme une Mégere, et non plus la reine des
Graces, mais des Furies. Toutefois, de peur de
sédition, elle se contint. Ses gardes lui ayant fait
faire passage, elle s'alla placer sur son trône, où
elle écouta quelques suppliants avec assez de dis=
traction.

La meilleure partie des hommes étoit demeu=
rée auprès de Psyché avec les femmes les moins
jolies, ou qui étoient sans prétention et sans in=
térêt. Les autres avoient pris d'abord le parti de

la Déesse; étant de la politique, parmi les per=
sonnes de ce sexe qui se sont mises sur le bon
pied, de faire la guerre aux survenantes, comme
à celles qui leur ôtent, pour ainsi dire, le pain
de la main. Je ne saurois vous assurer bien pré=
cisément si elles tiennent cette coutume-là des
auteurs, ou si les auteurs la tiennent d'elles.

Notre bergere n'osant approcher, la Déesse la
fit venir. Une foule d'hommes l'accompagna, et
la chose ressembloit plutôt à un triomphe qu'à
un hommage. La pauvre Psyché n'étoit nulle=
ment coupable de ces honneurs : au contraire,
si on l'eût crue, on ne l'auroit pas regardée : elle
faisoit, de sa part, tout ce qu'une suppliante doit
faire. La présence de Vénus lui avoit fait oublier
sa harangue. Il est vrai qu'elle n'en eut pas be=
soin : car dès que Vénus la vit, à peine lui don=
na-t-elle le loisir de se prosterner ; elle descen=
dit de son trône : Je vous veux, dit-elle, enten=
dre en particulier ; venez à Paphos ; je vous don=
nerai place en mon char.

Psyché se défia de cette douceur : mais quoi !
il n'étoit plus temps de délibérer ; et puis c'étoit
à Paphos principalement qu'elle espéroit revoir
son époux.

De crainte qu'elle n'échappât, Vénus la fit
sortir avec elle ; les hommes donnant mille bé=
nédictions à leurs deux Déesses, et une partie
des femmes disant entre elles : C'est encore trop
que d'en avoir une : établissons parmi nous une
république où les vœux, les adorations, les ser=
vices, les biens d'Amour seront en commun. Si
Psyché s'en vient encore une fois amuser les gens
qui nous serviront à quelque chose, et qu'elle
prétende réunir ainsi tous les cœurs sous une
même domination, il nous la faut lapider. On
se moqua des républicaines, et on souhaita bon
voyage à notre bergere.

Cythérée la fit monter effectivement sur son
char ; mais ce fut avec trois Divinités de sa suite
peu gracieuses : il y a de toutes sortes de gens à
la cour. Ces Divinités étoient la Colere, la Ja=

Iousie, et l'Envie; monstres sortis de l'abyme, impitoyables licteurs qui ne marchoient point sans leurs fouets, et dont la vue seule étoit un supplice. Vénus s'en alla par un autre endroit.

Quand Psyché se vit dans les airs, en si mauvaise compagnie que celle-là, un tremblement la saisit, ses cheveux se hérisserent; la voix lui demeura au gosier. Elle fut long-temps sans pouvoir parler, immobile, changée en pierre, et plutôt statue que personne véritablement animée : on l'auroit crue morte, sans quelques soupirs qui lui échapperent. Les diverses peines des condamnés lui passerent devant les yeux; son imagination les lui figura encore plus cruelles qu'elles ne sont : il n'y en eut point que la crainte ne lui fît souffrir par avance. Enfin, se jetant aux pieds de ces trois Furies : Si quelque pitié, dit-elle, loge en vos cœurs, ne me faites pas languir davantage : dites-moi à quel tourment je suis condamnée. Ne vous auroit-on point donné ordre de me jeter dans la mer? Je vous en épar=

gnerai la peine, si vous voulez, et m'y précipi=
terai moi-même. Les trois filles de l'Achéron ne
lui répondirent rien, et se contenterent de la
regarder de travers.

Elle étoit encore à leurs genoux lorsque le char
s'abattit. Il posa sa charge en un désert, dans
l'arriere-cour d'un palais que Vénus avoit fait
bâtir entre deux montagnes, à mi-chemin d'A=
mathonte et de Paphos. Quand Cythérée étoit
lasse des embarras de sa cour, elle se retiroit en
ce lieu avec cinq ou six de ses confidentes. Là
qui que ce soit ne l'alloit voir. Des médisants
disent toutefois que quelques amis particuliers
avoient la clef du jardin.

Vénus étoit déja arrivée quand le char parut.
Les trois satellites menerent Psyché dans la cham=
bre où la Déesse se rajustoit. Cette même crainte
qui avoit fait oublier à notre bergere la harangue
qu'elle avoit faite lui en rafraîchit la mémoire.
Bien que les grandes passions troublent l'esprit,
il n'y a rien qui rende éloquent comme elles.

Notre infortunée se prosterna à quatre pas
de la Déesse, et lui parla de la sorte : Reine des
Amours et des Graces, voici cette malheureuse
esclave que vous cherchez. Je ne vous demande
pour récompense de l'avoir livrée que la permis=
sion de vous regarder. Si ce n'est point sacrilege à
une misérable mortelle comme je suis de jeter les
yeux sur Vénus, et de raisonner sur les charmes
d'une Déesse, je trouve que l'aveuglement des
hommes est bien grand d'estimer en moi de
médiocres appas, après que les vôtres leur ont
paru. Je me suis opposée inutilement à cette
folie : ils m'ont rendu des honneurs que j'ai refu=
sés, et que je ne méritois pas. Votre fils s'est
laissé prévenir en ma faveur par les rapports fa=
buleux qu'on lui a faits. Les destins m'ont don=
née à lui sans me demander mon consentement.
En tout cela j'ai failli, puisque vous me jugez
coupable. Je devois cacher des traits qui étoient
cause de tant d'erreurs, je devois les défigurer;
il falloit mourir, puisque vous m'aviez en aver=

sion : je ne l'ai pas fait. Ordonnez-moi des pu=
nitions si séveres que vous voudrez, je les souf=
frirai sans murmure, trop heureuse si je vois
votre divine bouche s'ouvrir pour prononcer l'ar=
rêt de ma destinée.

Oui, Psyché, repartit Vénus, je vous en don=
nerai le plaisir. Votre feinte humilité ne me tou=
che point. Il falloit avoir ces sentiments et dire
ces choses devant que vous fussiez en ma puis=
sance. Lorsque vous étiez à couvert des atteintes
de ma colere, votre miroir vous disoit qu'il n'y
avoit rien à voir après vous : maintenant que vous
me craignez, vous me trouvez belle. Nous verrons
bientôt qui remportera l'avantage. Ma beauté ne
sauroit périr, et la vôtre dépend de moi ; je la dé=
truirai quand il me plaira. Commençons par ce
corps d'albâtre dont mon fils a publié les mer=
veilles, et qu'il appelle le temple de la blancheur.
Prenez vos scions, Filles de la nuit, et me l'em=
pourprez si bien que cette blancheur ne trouve
pas même un asyle en son propre temple.

hh

À cet ordre si cruel Psyché devint pâle, et
tomba aux pieds de la Déesse sans donner au=
cune marque de vie. Cythérée se sentit émue :
mais quelque démon s'opposa à ce mouvement
de pitié, et la fit sortir.

Dès qu'elle fut hors, les ministres de sa ven=
geance prirent des branches de myrte; et se bou=
chant les oreilles ainsi que les yeux, elles déchi=
rerent l'habit de notre bergere : innocent habit,
hélas! celle qui l'avoit donné lui croyoit procurer
un sort que tout le monde envieroit. Psyché ne
reprit ses sens qu'aux premieres atteintes de la
douleur. Le vallon retentit des cris qu'elle fut
contrainte de faire : jamais les échos n'avoient
répété de si pitoyables accents. Il n'y eut au=
cun endroit d'épargné dans tout ce beau corps,
qui devant ces moments-là se pouvoit dire en
effet le temple de la blancheur. Elle y régnoit
avec un éclat que je ne saurois vous dépein=
dre.

Là les lis lui servoient de trône et d'oreillers;

Des escadrons d'Amours chez Psyché familiers
    Furent chassés de cet asyle.
    Le pleurer leur fut inutile :
Rien ne put attendrir les trois Filles d'enfer ;
Leurs cœurs furent d'acier, leurs mains furent de fer.
La Belle eut beau souffrir : il fallut que ses peines
Allassent jusqu'au point que les sœurs inhumaines
Craignirent que Clothon ne survînt à son tour.
    Ah ! trop impitoyable Amour !
En quels lieux étois-tu ? dis, cruel ! dis, barbare !
C'est toi, c'est ton plaisir qui causa sa douleur :
Oui, tigre ! c'est toi seul qui t'en dois dire auteur :
Psyché n'eût rien souffert sans ton courroux bizarre.
Le bruit de ses clameurs s'est au loin répandu ;
    Et tu n'en as rien entendu !
Pendant tous ses tourments tu dormois, je le gage ;
    Car ta brûlure n'étoit rien :
La Belle en a souffert mille fois davantage
    Sans l'avoir mérité si bien.
Tu devois venir voir empourprer cet albâtre ;
Il falloit amener une troupe de Ris :
Des souffrances d'un corps dont tu fus idolâtre
    Vous vous seriez tous divertis.
Hélas ! Amour, j'ai tort. Tu répandis des larmes
Quand tu sus de Psyché la peine et le tourment ;

Et tu lui fis trouver un baume pour ses charmes
  Qui la guérit en un moment.

Telle fut la premiere peine que Psyché souf=
frit.

Quand Cythérée fut de retour, elle la trouva
étendue sur les tapis dont cette chambre étoit
ornée, près d'expirer, et n'en pouvant plus. La
pauvre Psyché fit un effort pour se lever, et tâ=
cha de contenir ses sanglots. Cythérée lui com=
manda de baiser les cruelles mains qui l'avoient
mise en cet état. Elle obéit sans tarder, et ne
témoigna nulle répugnance. Comme le dessein
de la Déesse n'étoit pas de la faire mourir sitôt,
elle la laissa guérir.

Parmi les servantes de Vénus il y en avoit une
qui trahissoit sa maîtresse, et qui alloit redire à
l'Amour le traitement que l'on faisoit à Psyché,
et les travaux qu'on lui imposoit. L'Amour ne
manquoit pas d'y pourvoir. Cette fois-là il lui
envoya un baume excellent par celle qui étoit
de l'intelligence, avec ordre de ne point dire de

quelle part, de peur que Psyché ne crût que son
mari étoit appaisé, et qu'elle n'en tirât des consé=
quences trop avantageuses. Le Dieu n'étoit pas
encore guéri de sa brûlure, et tenoit le lit. L'o=
pération de son baume irrita Vénus, à l'insu de
qui la chose se conduisoit, et qui, ne sachant
à quoi imputer ce miracle, résolut de se défaire
de Psyché par une autre voie.

Sous l'une des deux montagnes qui couvroient
à droite et à gauche cette maison, étoit une voûte
aussi ancienne que l'univers. Là sourdoit une eau
qui avoit la propriété de rajeunir; c'est ce qu'on
appelle encore aujourd'hui la fontaine de Jou=
vence. Dans les premiers temps du monde il
étoit libre à tous les mortels d'y aller puiser. L'a=
bus qu'ils firent de ce trésor obligea les Dieux de
leur en ôter l'usage. Pluton, prince des lieux
souterrains, commit à la garde de cette eau un
dragon énorme. Il ne dormoit point, et dévoroit
ceux qui étoient si téméraires que d'en appro=
cher. Quelques femmes se hasardoient, aimant

mieux mourir que de prolonger une carriere où il n'y avoit plus ni beaux jours ni amants pour elles.

Cinq ou six jours étant écoulés, Cythérée dit à son esclave : Va-t'en tout-à-l'heure à la fon= taine de Jouvence, et m'en rapporte une cruchée d'eau. Ce n'est pas pour moi, comme tu peux croire, mais pour deux ou trois de mes amies qui en ont besoin. Si tu reviens sans apporter de cette eau, je te ferai encore souffrir le même sup= plice que tu as souffert.

Cette suivante, dont j'ai parlé, qui étoit aux gages de Cupidon, l'alla avertir. Il lui comman= da de dire à Psyché que le moyen d'endormir le monstre étoit de lui chanter quelques longs ré= cits qui lui plussent premièrement, et puis l'en= nuyassent ; et sitôt qu'il dormiroit qu'elle puisât de l'eau hardiment.

Psyché s'en va donc avec sa cruche. On n'o= soit approcher de l'antre de plus de vingt pas. L'horrible concierge de ce palais en occupoit la

plupart du temps l'entrée. Il avoit l'adresse de
couler sa queue contre des broussailles, en sorte
qu'elle ne paroissoit point; puis aussitôt que
quelque animal venoit à passer, fût-ce un cerf,
un cheval, un bœuf, le monstre la ramenoit en
plusieurs retours, et en entortilloit les jambes
de l'animal avec tant de soudaineté et de force,
qu'il le faisoit trébucher, se jetoit dessus, puis
s'en repaissoit. Peu de voyageurs s'y trouvoient
surpris : l'endroit étoit plus connu et plus diffa=
mé que le voisinage de Scylla et Charybde. Lors=
que Psyché alla à cette fontaine, le monstre
se réjouissoit au soleil, qui tantôt doroit ses
écailles, tantôt les faisoit paroître de cent cou=
leurs.

Psyché, qui savoit quelle distance il falloit
laisser entre lui et elle, car il ne pouvoit s'éten=
dre fort loin, le Sort l'ayant attaché avec des
chaînes de diamant, Psyché, dis-je, ne s'effraya
pas beaucoup; elle étoit accoutumée à voir des
dragons. Elle cacha le mieux qu'il lui fut possi=

ble sa cruche, et commença mélodieusement ce récit :

Dragon, gentil dragon, à la gorge béante,
     Je suis messagere des Dieux :
     Ils m'ont envoyée en ces lieux
T'annoncer que bientôt une jeune serpente,
Et qui change au soleil de couleur comme toi,
     Viendra partager ton emploi.
Tu te dois ennuyer à faire cette vie;
     Amour t'enverra compagnie.
Dragon, gentil dragon, que te dirai-je encor
     Qui te chatouille et qui te plaise?
     Ton dos reluit comme fin or;
     Tes yeux sont flambants comme braise.
Tu te peux rajeunir sans dépouiller ta peau.
Quelle félicité d'avoir chez toi cette eau !
Si tu veux t'enrichir, permets que l'on y puise ;
Quelque tribut qu'il faille, il te sera porté:
J'en sais qui, pour avoir cette commodité,
     Donneront jusqu'à leur chemise.

Psyché chanta beaucoup d'autres choses qui n'avoient aucune suite, et que les oiseaux de ces lieux ne purent par conséquent retenir ni

nous les apprendre. Le dragon l'écouta d'abord
avec un très grand plaisir. À la fin il commença à
bâiller, et puis s'endormit. Psyché prend vîte
l'occasion. Il falloit passer entre le dragon et
l'un des bords de l'entrée : à peine y avoit-il as=
sez de place pour une personne. Peu s'en fallut
que la Belle, de frayeur qu'elle eut, ne laissât
tomber sa cruche; ce qui eût été pire que la
goutte d'huile. Ce dormeur-ci n'étoit pas fait
comme l'autre : son courroux et ses remontran=
ces, c'étoit de mettre les gens en pieces. Notre
héroïne vint à bout de son entreprise par un
grand bonheur. Elle emplit sa cruche, et s'en
retourna triomphante.

Vénus se douta que quelque puissance divine
l'avoit assistée. De savoir laquelle, c'étoit le point.
Son fils ne bougeoit du lit. Jupiter ni aucun des
Dieux n'auroit laissé Psyché dans cet esclavage :
les Déesses seroient les dernieres à la secourir.
Ne t'imagine pas en être quitte, lui dit Vénus : je
te ferai des commandements si difficiles, que tu

manqueras à quelqu'un ; et pour châtiment tu
endureras la mort. Va me querir de la laine de
ces moutons qui paissent au-delà du fleuve ; je
m'en veux faire faire un habit. C'étoient les mou=
tons du Soleil ; tous avoient des cornes, furieux
au dernier point, et qui poursuivoient les loups.
Leur laine étoit d'une couleur de feu si vif qu'il
éblouissoit la vue. Ils paissoient alors de l'autre
côté d'une riviere extrêmement large et pro=
fonde, qui traversoit le vallon à mille pas ou
peu plus de ce château.

De bonne fortune pour notre Belle, Junon et
Cérès vinrent voir Vénus dans le moment qu'elle
venoit de donner cet ordre. Elles lui avoient
déja rendu deux autres visites depuis la mala=
die de son fils, et avoient aussi vu l'Amour. Cette
derniere visite empêcha Vénus de prendre garde
à ce qui se passeroit, et donna une facilité à notre
héroïne d'exécuter ce commandement. Sans cela
il auroit été impossible, n'y ayant ni pont, ni ba=
teau, ni gondole sur la riviere.

Cette suivante qui étoit de l'intelligence, dit à
Psyché : Nous avons ici des cygnes que les Amours
ont dressés à nous servir de gondoles ; j'en pren=
drai un : nous traverserons la riviere par ce
moyen. Il faut que je vous tienne compagnie
pour une raison que je vas vous dire ; c'est que
ces moutons sont gardés par deux jeunes enfants
sylvains qui commencent déja à courir après les
bergeres et après les nymphes. Je passerai la pre=
miere, et amuserai les deux jeunes faunes, qui
ne manqueront pas de me poursuivre sans au=
tre dessein que de folâtrer ; car ils me connois=
sent et savent que j'appartiens à Vénus : au pis
aller j'en serai quitte pour deux baisers ; vous
passerez cependant. Jusque-là voilà qui va bien,
repartit Psyché ; mais comment approcherai-je
des moutons ? me connoissent-ils aussi ? savent=
ils que j'appartiens à Vénus ? Vous prendrez de
leur laine parmi les ronces, répliqua cette sui=
vante ; ils y en laissent quand elle est mûre et
qu'elle commence à tomber : tout ce canton-là

en est plein. Comme la chose avoit été concertée
elle réussit. Seulement, au lieu des deux baisers
que l'on avoit dit, il en coûta quatre.

Pendant que notre bergere et sa compagne
exécutent leur entreprise, Vénus prie les deux
Déesses de sonder les sentiments de son fils. Il
semble, à l'entendre, leur dit-elle, qu'il soit fort
en colere contre Psyché; cependant il ne laisse
pas sous main de lui donner assistance : au moins
y a-t-il lieu de le croire. Vous m'êtes amies toutes
deux, détournez-le de cet amour : représentez=
lui le devoir d'un fils : dites-lui qu'il se fait tort.
Il s'ouvrira bien plutôt à vous qu'il ne feroit à sa
mere.

Junon et Cérès promirent de s'y employer.
Elles allerent voir le malade. Il ne les satisfit
point, et leur cacha le plus qu'il put sa pensée.
Toutefois, autant qu'elles purent conjecturer,
cette passion lui tenoit encore au cœur. Même
il se plaignit de ce qu'on prétendoit le gouver=
ner ainsi qu'un enfant. Lui un enfant! on ne

considéroit donc pas qu'il terrassoit les Hercu=
les, et qu'il n'avoit jamais eu d'autres toupies que
leurs cœurs. Après cela, disoit-il, on me tiendra
encore en tutele ! on croira me contenter de
moulinets et de papillons, moi qui suis le dis=
pensateur d'un bien près de qui la gloire et les
richesses sont des poupées ! C'est bien le moins
que je puisse faire que de retenir ma part de
cette félicité-là. Je ne me marierai pas, moi qui
en marie tant d'autres !

Les Déesses entrerent en ses sentiments, et re=
tournerent dire à Vénus comme leur légation
s'étoit passée. Nous vous conseillons en amies,
ajouterent-elles, de laisser agir votre fils comme
il lui plaira : il est désormais en âge de se con=
duire. Qu'il épouse Hébé, repartit Vénus : qu'il
choisisse parmi les Muses, parmi les Graces,
parmi les Heures ; je le veux bien. Vous moquez=
vous ? dit Junon. Voudriez-vous donner à votre
fils une de vos suivantes pour femme ? et encore
Hébé qui nous sert à boire ? Pour les Muses, ce

n'est pas le fait de l'Amour qu'une précieuse ; elle le feroit enrager. La beauté des Heures est fort journaliere : il ne s'en accommodera pas non plus. Mais enfin, répliqua Vénus, toutes ces per= sonnes sont des Déesses, et Psyché est simple mortelle. N'est-ce pas un parti bien avantageux pour mon fils que la cadette d'un roi de qui les états tourneroient dans la basse-cour de ce château ? Ne méprisez pas tant Psyché, dit Cé= rès : vous pourriez pis faire que de la prendre pour votre bru. La beauté est rare parmi les Dieux ; les richesses et la puissance ne le sont pas. J'ai bien voyagé, comme vous savez ; mais je n'ai point vu de personne si accomplie. Junon fut contrainte d'avouer qu'elle avoit raison : et toutes deux conseillerent Cythérée de pourvoir son fils. Quel plaisir quand elle tiendroit entre les bras un petit Amour qui ressembleroit à son pere ! Vénus demeura piquée de ce propos-là. Le rouge lui monta au front. Cela vous siéroit mieux qu'à moi, reprit-elle assez brusquement.

Je me suis regardée tout ce matin, mais il ne
m'a point semblé que j'eusse encore l'air d'une
aïeule. Ces mots ne demeurerent pas sans ré=
ponse : et les trois amies se séparerent en se
querellant.

Cérès et Junon étant montées sur leurs chars,
Vénus alla faire des remontrances à son fils; et
le regardant avec un air dédaigneux :

Il vous sied bien, lui dit-elle, de vouloir vous
marier, vous qui ne cherchez que le plaisir! De=
puis quand vous est venue, dites-moi, une si
sage pensée? Voyez, je vous prie, l'homme de
bien et le personnage grave et retiré que voilà!
Sans mentir je voudrois vous avoir vu pere de
famille pour un peu de temps; comment vous y
prendriez-vous? Songez, songez à vous acquit=
ter de votre emploi, et soyez le Dieu des amants :
la qualité d'époux ne vous convient pas. Vous
êtes accablé d'affaires de tous côtés; l'empire
d'Amour va en décadence; tout languit, rien ne
se conclut : et vous consumez le temps en des pro=

positions inutiles de mariage! Il y a tantôt trois
mois que vous êtes au lit, plus malade de fan=
taisie que d'une brûlure. Certes vous avez été
blessé dans une occasion bien glorieuse pour
vous! Le bel honneur, lorsque l'on dira que votre
femme aura été cause de cet accident! Si c'étoit
une maîtresse, je ne dis pas. Quoi! vous m'ame=
nerez ici une matrône qui sera neuf mois de l'an=
née à toujours se plaindre! je la traînerai au bal
avec moi! Savez-vous ce qu'il y a? ou renoncez
à Psyché, ou je ne veux plus que vous passiez
pour mon fils. Vous croyez peut-être que je ne
puis faire un autre Amour, et que j'ai oublié la
maniere dont on les fait : je veux bien que vous
sachiez que j'en ferai un quand il me plaira. Oui
j'en ferai un, plus joli que vous mille fois, et lui
remettrai entre les mains votre empire. Qu'on
me donne tout-à-l'heure cet arc et ces fleches,
et tout l'attirail dont je vous ai équipé; aussi
bien vous est-il inutile désormais : je vous le ren=
drai quand vous serez sage.

L'Amour se mit à pleurer; et prenant les mains de sa mere il les lui baisa. Ce n'étoit pas encore parler comme il faut. Elle fit tout son possible pour l'obliger à donner parole qu'il renonceroit à Psyché; ce qu'il ne voulut jamais faire. Cythé= rée sortit en le menaçant.

Pour achever le chagrin de cette Déesse, Psy= ché arriva avec un paquet de laine aussi pesant qu'elle. Les choses s'étoient passées de ce côté-là avec beaucoup de succès. Le cygne avoit merveil= leusement bien fait son devoir, et les deux sylvains le leur : de voir, de courir, et rien davantage ; hor= mis qu'ils danserent quelques chansons avec la suivante, lui déroberent quelques baisers, lui donnerent quelques brins de thym et de marjo= laine, et peut-être la cotte verte, le tout avec la plus grande honnêteté du monde. Psyché cepen= dant faisoit sa main. Pas un des moutons ne s'é= carta du troupeau pour venir à elle. Les ronces se laisserent ôter leurs belles robes sans la pi= quer une seule fois. Psyché repassa la premiere.

À son retour Cythérée lui demanda comme elle avoit fait pour traverser la riviere. Psyché répondit qu'il n'en avoit pas été besoin, et que le vent avoit envoyé des flocons de laine de son côté. Je ne croyois pas, reprit Cythérée, que la chose fût si facile : je me suis trompée dans mes mesures, je le vois bien ; la nuit nous suggérera quelque chose de meilleur.

Le fils de Vénus, qui ne songeoit à autre chose qu'à tirer Psyché de tous ses dangers, et qui n'attendoit peut-être pour se raccommoder avec elle que sa guérison et le retour de ses for= ces, avoit remandé premièrement le Zéphyre, et fait venir dans le voisinage une Fée qui fai= soit parler les pierres. Rien ne lui étoit impos= sible : elle se moquoit du destin, disposoit des vents et des astres, et faisoit aller le monde à sa fantaisie.

Cythérée ne savoit pas qu'elle fût venue. Quant au Zéphyre, elle l'apperçut ; et ne douta nulle= ment que ce ne fût lui qui eût assisté Psyché.

Mais s'étant la nuit avisée d'un commandement qu'elle croyoit hors de toute possibilité, elle dit le lendemain à son fils : L'agent général de vos affaires n'est pas loin de ce château ; vous lui avez défendu de s'écarter : je vous défie tous tant que vous êtes. Vous serez habiles gens l'un et l'autre si vous empêchez que votre Belle ne suc= combe au commandement que je lui ferai au= jourd'hui.

En disant ces mots elle fit venir Psyché, lui ordonna de la suivre, et la mena dans la basse= cour du château. Là, sous une espece de halle, étoient entassés pêle-mêle quatre différentes sor= tes de grains, lesquels on avoit donnés à la Déesse pour la nourriture de ses pigeons. Ce n'étoit pas proprement un tas, mais une montagne ; il occu= poit toute la largeur du magasin, et touchoit le faîte. Cythérée dit à Psyché : Je ne veux doréna= vant nourrir mes pigeons que de mil ou de fro= ment pur : c'est pourquoi sépare ces quatre sortes de grains. Fais-en quatre tas aux quatre coins du

monceau, un tas de chaque espece. Je m'en vas
à Amathonte pour quelques affaires de plaisir:
je reviendrai sur le soir. Si à mon retour je ne
trouve la tâche faite, et qu'il y ait seulement un
grain de mêlé, je t'abandonnerai aux ministres
de ma vengeance.

À ces mots elle monte sur son char, et laisse
Psyché désespérée. En effet ce commandement
étoit un travail, non pas d'Hercule, mais de
démon.

Sitôt que l'Amour le sut, il en envoya avertir
la Fée, qui, par ses suffumigations, par ses cer=
cles, par ses paroles, contraignit tout ce qu'il y
avoit de fourmis au monde d'accourir à l'entour
du tas, autant celles qui habitoient aux extré=
mités de la terre que celles du voisinage. Il y
eut telle fourmi qui fit ce jour-là quatre mille
lieues. C'étoit un plaisir que d'en voir des hordes
et des caravanes arriver de tous les côtés.

Il en vient des climats où commande l'Aurore,
De ceux que ceint Thétis, et l'Océan encore;

L'Indien dégarnit toutes ses régions ;
Le Garamante envoie aussi ses légions ;
Il en part du couchant des nations entieres ;
Le nord ni le midi n'ont plus de fourmilieres ;
Il semble qu'on en ait épuisé l'univers :
Les chemins en sont noirs, les champs en sont couverts ;
Maint vieux chêne en fournit des cohortes nombreuses ;
Il n'est arbre mangé qui sous ses voûtes creuses
Souffre que de ce peuple il reste un seul essaim :
Tout déloge ; et la terre en tire de son sein.
    L'éthiopique gent arrive, et se partage.
On crée en chaque troupe un maître de l'ouvrage.
Il a l'œil sur sa bande ; aucun n'ose faillir.
On entend un bruit sourd, le mont semble bouillir.
Déja son tour décroît, sa hauteur diminue.
À la soudaineté l'ordre aussi contribue.
Chacun a son emploi parmi les travailleurs ;
L'un sépare le grain que l'autre emporte ailleurs.
Le monceau disparoît ainsi que par machine.
Quatre tas différents réparent sa ruine ;
De blé, riche présent qu'à l'homme ont fait les cieux ;
De mil, pour les pigeons manger délicieux ;
De seigle, au goût aigret ; d'orge rafraîchissante,
Qui donne aux gens du nord la cervoise engraissante.
Telles l'on démolit les maisons quelquefois :

La pierre est mise à part; à part se met le bois :
On voit comme fourmis gens autour de l'ouvrage.
En son être premier retourne l'assemblage :
Là sont des tas confus de marbres non gravés,
Et là les ornements qui se sont conservés.

Les fourmis s'en retournerent aussi vîte qu'elles étoient venues, et n'attendirent pas le remer= ciement. Vivez heureuses, leur dit Psyché, je vous souhaite des magasins qui ne désemplis= sent jamais. Si c'est un plaisir de se tourmenter pour les biens du monde, tourmentez-vous, et vivez heureuses.

Quand Vénus fut de retour, et qu'elle apper= çut les quatre monceaux, son étonnement ne fut pas petit : son chagrin fut encore plus grand. On n'osoit approcher d'elle, ni seulement la regar= der. Il n'y eut ni Amours ni Graces qui ne s'en= fuissent. Quoi ! dit Cythérée en elle-même, une esclave me résistera ! je lui fournirai tous les jours une nouvelle matiere de triompher ! Et qui craindra désormais Vénus ? qui adorera sa puissance ? car, pour la beauté, je n'en parle plus ; c'est Psyché qui en est déesse. Ô destins, que vous ai-je fait? Junon s'est vengée d'Io et de beaucoup d'autres ; il n'est femme qui ne se venge : Cythérée seule se voit privée de ce doux plaisir ! Si faut-il que j'en vienne à bout. Vous n'êtes pas encore à la fin, Psyché; mon fils vous fait tort : plus il s'opiniâtre à vous protéger, plus je m'opiniâtrerai à vous perdre.

Cette résolution n'eut pas tout l'effet que Vé= nus s'étoit promis. À deux jours de là elle fit ap= peler Psyché, et dissimulant son dépit : Puisque rien ne vous est impossible, lui dit-elle, vous irez bien au royaume de Proserpine; et n'espérez pas m'échapper quand vous serez hors d'ici : en quelque lieu de la terre que vous soyez, je vous trouverai. Si vous voulez toutefois ne point re= venir des enfers, j'en suis très contente. Vous ferez mes compliments à la reine de ces lieux-là, et vous lui direz que je la prie de me donner une boîte de son fard; j'en ai besoin, comme vous voyez : la maladie de mon fils m'a toute changée. Rapportez-moi sans tarder ce que l'on vous aura donné, et n'y touchez point.

Psyché partit tout-à-l'heure. On ne la laissa parler à qui que ce soit. Elle alla trouver la Fée que son mari avoit fait venir : cette Fée étoit dans le voisinage sans que personne en sût rien. De peur de soupçon, elle ne tint pas long discours à notre héroïne. Seulement elle lui dit : Vous voyez d'ici une vieille tour ; allez-y tout droit, et entrez dedans ; vous y apprendrez ce qu'il vous faut faire. N'appréhendez point les ronces qui bouchent la porte ; elles se détourneront d'elles= mêmes.

Psyché remercie la Fée, et s'en va au vieux bâtiment. Entrée qu'elle fut, la tour lui parla : Bon jour, Psyché, lui dit-elle ; que votre voyage vous soit heureux ! Ce m'est un très grand hon= neur de vous recevoir en mes murs : jamais rien de si charmant n'y étoit entré. Je sais le sujet qui vous amene. Plusieurs chemins conduisent aux enfers; n'en prenez aucun de ceux qu'on prend d'ordinaire. Descendez dans cette cave que vous voyez, et garnissez-vous auparavant de ce qui est à vos pieds : ce panier à anse vous ai= dera à le porter.

Psyché baissa aussitôt la vue; et comme le faîte de la tour étoit découvert, elle vit à terre une lampe, six boules de cire, un gros paquet de ficelle, un panier, avec deux deniers.

Vous avez besoin de toutes ces choses, pour= suivit la tour. Que la profondeur de cette cave ne vous effraie point, quoique vous ayez près de mille marches à descendre : cette lampe vous aidera. Vous suivrez à sa lueur un chemin voûté qui est dans le fond, et qui vous conduira jus= qu'au bord du Styx. Il vous faudra donner à Ca= ron un de ces deniers pour le passage, aussi bien en revenant qu'en allant. C'est un vieillard qui n'a aucune considération pour les Belles, et qui ne vous laissera pas monter dans sa barque sans payer le droit. Le fleuve passé, vous rencontre=

rez un âne boiteux et n'en pouvant plus de vieil=
lesse, avec un misérable qui le chassera. Celui-ci
vous priera de lui donner par pitié un peu de fi=
celle, si vous en avez dans votre panier, afin de
lier certains paquets dont son âne sera chargé.
Gardez-vous de lui accorder ce qu'il vous deman=
dera ; c'est un piege que vous tend Vénus. Vous
avez besoin de votre ficelle à une autre chose ;
car vous entrerez incontinent dans un labyrin=
the dont les routes sont fort aisées à tenir en al=
lant ; mais, quand on en revient, il est impossi=
ble de les démêler : ce que vous ferez toutefois
par le moyen de cette ficelle. La porte de deçà
du labyrinthe n'a point de portier ; celle de
delà en a un : c'est un chien qui a trois gueules,
plus grand qu'un ours. Il discerne à l'odorat
les morts d'avec les vivants, car il se rencontre
des personnes qui ont affaire aussi bien que
vous en ces lieux. Le portier laisse passer les
premiers, et étrangle les autres devant qu'ils pas=
sent. Vous lui empâterez ses trois gueules en lui

jetant dans chacune une de vos boules de cire,
autant au retour. Elles auront aussi la force de
l'endormir. Dès que vous serez sortie du laby=
rinthe, deux démons des champs élysées vien=
dront au-devant de vous, et vous conduiront jus=
qu'au trône de Proserpine. Adieu, charmante
Psyché : que votre voyage vous soit heureux!

Psyché remercie la tour, prend le panier avec
l'équipage, descend dans la cave, et, pour abré=
ger, elle arrive saine et sauve au–delà du laby=
rinthe, malgré les spectres qui se présenterent
sur son passage.

Il ne sera pas hors de propos de vous dire
qu'elle vit sur les bords du Styx gens de tous
états arrivant de tous les côtés. Il y avoit dans
la barque, lorsque la Belle passa, un roi, un
philosophe, un général d'armée, je ne sais com=
bien de soldats, avec quelques femmes. Le roi
se mit à pleurer de ce qu'il lui falloit quitter un
séjour où étoient de si beaux objets. Le philo=
sophe, au contraire, loua les Dieux de ce qu'il

en étoit sorti avant que de voir un objet si ca=
pable de le séduire, et dont il pouvoit alors ap=
procher sans aucun péril. Les soldats dispute=
rent entre eux à qui s'asseieroit le plus près
d'elle, sans aucun respect du roi ni aucune
crainte du général, qui n'avoit pas son bâton de
commandement. La chose alloit à se battre et à
renverser la nacelle, si Caron n'eût mis le hola
à coups d'aviron. Les femmes environnerent
Psyché, et se consolerent des avantages qu'elles
avoient perdus, voyant que notre héroïne en per=
doit bien d'autres : car elle ne dit à personne
qu'elle fût vivante. Son habit étonna pourtant la
compagnie, tous les autres n'ayant qu'un drap.

Aussitôt qu'elle fut sortie du labyrinthe, les
deux démons l'aborderent et lui firent voir les
singularités de ces lieux. Elles sont tellement
étranges que j'ai besoin d'un style extraordinaire
pour vous les décrire.

Polyphile se tut à ces mots; et après quelques

moments de silence il reprit d'un ton moins fa=
milier :

Le royaume des morts a plus d'une avenue.
Il n'est route qui soit aux humains si connue.
Des quatre coins du monde en se rend aux enfers.
Tisiphone les tient incessamment ouverts.
La faim, le désespoir, les douleurs, le long âge,
Menent par tous endroits à ce triste passage ;
Et quand il est franchi, les filles du Destin
Filent aux habitants une nuit sans matin.
Orphée a toutefois mérité par sa lyre
De voir impunément le ténébreux empire.
Psyché par ses appas obtint même faveur :
Pluton sentit pour elle un moment de ferveur :
Proserpine craignit de se voir détrônée,
Et la boîte de fard à l'instant fut donnée.
L'esclave de Vénus, sans guide et sans secours,
Arriva dans les lieux où le Styx fait son cours.
Sa cruelle ennemie eut soin que le Cerbere
Lui lançât des regards enflammés de colere.
Par les monstres d'enfer rien ne fut épargné.
Elle vit ce qu'en ont tant d'auteurs enseigné.
Mille spectres hideux, les hydres, les harpies,
Les triples Gérions, les mânes des Tityes,

Présentoient à ses yeux maint fantôme trompeur
Dont le corps retournoit aussitôt en vapeur.
Les cantons destinés aux ombres criminelles,
Leurs cris, leur désespoir, leurs douleurs éternelles.
Tout l'attirail qui suit tôt ou tard les méchants,
La remplirent de crainte et d'horreur pour ces champs.
Là, sur un pont d'airain, l'orgueilleux Salmonée,
Triste chef d'une troupe aux tourments condamnée,
S'efforçoit de passer en des lieux moins cruels,
Et par-tout rencontroit des feux continuels.
Tantale aux eaux du Styx portoit en vain sa bouche,
Toujours proche d'un bien que jamais il ne touche :
Et Sisyphe en sueur essayoit vainement
D'arrêter son rocher pour le moins un moment.
Là les sœurs de Psyché, dans l'importune glace
D'un miroir que sans cesse elles avoient en face,
Revoyoient leur cadette heureuse, et dans les bras,
Non d'un monstre effrayant, mais d'un dieu plein d'appas.
En quelque lieu qu'allât cette engeance maudite,
Le miroir se plaçoit toujours à l'opposite.
Pour les tirer d'erreur leur cadette accourut ;
Mais ce couple s'enfuit sitôt qu'elle parut.
Non loin d'elles Psyché vit l'immortelle tâche
Où les cinquante sœurs s'exercent sans relâche.
La Belle les plaignit, et ne put sans frémir

Voir tant de malheureux occupés à gémir.
Chacun trouvoit sa peine au plus haut point montée :
Ixion souhaitoit le sort de Prométhée ;
Tantale eût consenti, pour assouvir sa faim,
Que Pluton le livrât à des flammes sans fin.
En un lieu séparé l'on voit ceux de qui l'ame
A violé les droits de l'amoureuse flamme,
Offensé Cupidon, méprisé ses autels,
Refusé le tribut qu'il impose aux mortels.
Là souffre un monde entier d'ingrates, de coquettes :
Là Mégere punit les langues indiscretes,
Sur-tout ceux qui, tachés du plus noir des forfaits,
Se sont vantés d'un bien qu'on ne leur fit jamais.
Par de cruels vautours l'inhumaine est rongée ;
Dans un fleuve glacé la volage est plongée ;
Et l'insensible expie en des lieux embrasés,
Aux yeux de ses amants, les maux qu'elle a causés.
Ministres, confidents, domestiques perfides,
Y lassent sous les fouets le bras des Euménides.
Près d'eux sont les auteurs de maint hymen forcé,
L'amant chiche, et la dame au cœur intéressé ;
La troupe des censeurs, peuple à l'amour rebelle ;
Ceux enfin dont les vers ont noirci quelque Belle.

Vénus avoit obligé Mercure par ses caresses

de prier, de la part de cette Déesse, toutes
les puissances d'enfer d'effrayer tellement son
ennemie par la vue de ces fantômes et de ces
supplices, qu'elle en mourût d'appréhension,
et mourût si bien que la chose fût sans retour,
et qu'il ne restât plus de cette Beauté qu'une
ombre légere. Après quoi, disoit Cythérée, je
permets à mon fils d'en être amoureux, et de
l'aller trouver aux enfers pour lui renouveler
ses caresses.

Cupidon ne manqua pas d'y pourvoir : et dès
que Psyché eut passé le labyrinthe, il la fit con=
duire, comme je crois vous avoir dit, par deux
démons des champs élysées; ceux-là ne sont pas
méchants. Ils la rassurerent, et lui apprirent
quels étoient les crimes de ceux qu'elle voyoit
tourmentés. La Belle en demeura toute conso=
lée, n'y trouvant rien qui eût du rapport à son
aventure. Après tout, la faute qu'elle avoit com=
mise ne méritoit pas une telle punition. Si la cu=
riosité rendoit les gens malheureux jusqu'en l'au=

tre monde, il n'y auroit pas d'avantage à être
femme.

En passant auprès des champs élysées, comme
le nombre des bienheureux a de tout temps été
fort petit, Psyché n'eut pas de peine à y remar=
quer ceux qui jusqu'alors avoient fait valoir la
puissance de son époux, gens du Parnasse pour
la plupart. Ils étoient sous de beaux ombrages,
se récitant les uns aux autres leurs poésies, et
se donnant des louanges continuelles sans se
lasser.

Enfin la Belle fut amenée devant le tribunal
de Pluton. Toute la cour de ce Dieu demeura
surprise. Depuis Proserpine ils ne se souve=
noient point d'avoir vu d'objet qui leur eût tou=
ché le cœur que celui-là seul. Proserpine même
en eut de la jalousie; car son mari regardoit déja
la Belle d'une autre sorte qu'il n'a coutume de
faire ceux qui approchent de son tribunal, et
il ne tenoit pas à lui qu'il ne se défît de cet air
terrible qui fait partie de son apanage. Sur-tout

mm

il y avoit du plaisir à voir Rhadamanthe se radou=
cir. Pluton fit cesser pour quelques moments les
souffrances et les plaintes des malheureux, afin
que Psyché eût une audience plus favorable.

    Voici à-peu-près comme elle parla, adressant
sa voix tantôt à Pluton et à Proserpine conjoin=
tement, tantôt à cette Déesse seule.

Vous sous qui tout fléchit, Déités dont les lois
Traitent également les bergers et les rois ;
Ni le desir de voir, ni celui d'être vue,
Ne me font visiter une cour inconnue :
J'ai trop appris, hélas ! par mes propres malheurs,
Combien de tels plaisirs engendrent de douleurs.
Vous voyez devant vous l'esclave infortunée
Qu'à des larmes sans fin Vénus a condamnée.
C'est peu pour son courroux des maux que j'ai soufferts ;
Il faut chercher encore un fard jusqu'aux enfers.
Reine de ces climats, faites qu'on me le donne.
Il porte votre nom ; et c'est ce qui m'étonne.
Ne vous offensez point, Déesse aux traits si doux ;
On s'apperçoit assez qu'il n'est pas fait pour vous.
Plaire sans fard est chose aux Déesses facile :
À qui ne peut vieillir cet art est inutile :

C'est moi qui dois tâcher, en l'état où je suis,
A réparer le tort que m'ont fait les ennuis.
Mais j'ai quitté le soin d'une beauté fatale.
La nature souvent n'est que trop libérale.
Plût au sort que mes traits à présent sans éclat
N'eussent jamais paru que dans ce triste état !
Mes sœurs les envioient : que mes sœurs étoient folles !
D'abord je me repus d'espérances frivoles.
Enfin l'Amour m'aima : je l'aimai sans le voir :
Je le vis ; il s'enfuit ; rien ne put l'émouvoir ;
Il me précipita du comble de la gloire.
Souvenirs de ces temps, sortez de ma mémoire.
Chacun sait ce qui suit. Maintenant dans ces lieux
Je viens pour obtenir un fard si précieux.
Je n'en mérite pas la faveur singuliere ;
Mais le nom de l'Amour se joint à ma priere.
Vous connoissez ce Dieu : qui ne le connoît pas ?
S'il descend pour vous plaire au fond de ces climats,
D'une boîte de fard récompensez sa femme :
Ainsi durent chez vous les douceurs de sa flamme !
Ainsi votre bonheur puisse rendre envieux
Celui qui pour sa part eut l'empire des cieux !

Cette harangue eut tout le succès que Psyché
pouvoit souhaiter. Il n'y eut ni démon ni ombre

qui ne compatît au malheur de cette affligée,
et qui ne blâmât Vénus. La pitié entra pour
la premiere fois au cœur des Furies : et ceux
qui avoient tant de sujets de se plaindre eux=
mêmes mirent à part le sentiment de leurs pro=
pres maux pour plaindre l'épouse de Cupidon.
Pluton fut sur le point de lui offrir une retraite
dans ses états ; mais c'est un asyle où les malheu=
reux n'ont recours que le plus tard qu'il leur est
possible. Proserpine empêcha ce coup : la jalou=
sie la possédoit tellement, que, sans considérer
qu'une ombre seroit incapable de lui nuire, elle
recommanda instamment aux Parques de ne
pas trancher à l'étourdie les jours de cette per=
sonne, et de prendre si bien leurs mesures
qu'on ne la revît aux enfers que vieille et ridée.
Puis, sans tarder davantage, elle mit entre les
mains de Psyché une boîte bien fermée, avec
défense de l'ouvrir, et avec charge d'assurer Vé=
nus de son amitié. Pour Pluton, il ne put voir
sans déplaisir le départ de notre héroïne, et le

présent qu'on lui faisoit. Souvenez-vous, lui dit=
il, de ce qu'il vous a coûté d'être curieuse. Al=
lez ; et n'accusez pas Pluton de votre destin.

Tant que le pays des morts continua, la boîte
fut en assurance ; Psyché n'avoit garde d'y tou=
cher : elle appréhendoit que, parmi un si grand
nombre de gens qui n'avoient que faire, il n'y
en eût qui observassent ses actions.

Aussitôt qu'elle eut atteint notre monde, et,
que se trouvant sous ce conduit souterrain, elle
crut n'avoir pour témoins que les pierres qui le
soutenoient, la voilà tentée à son ordinaire. Elle
eut envie de savoir quel étoit ce fard dont Proser=
pine l'avoit chargée. Le moyen de s'en empêcher ?
elle seroit femme, et laisseroit échapper une telle
occasion de se satisfaire ! À qui le diroient ces
pierres ? possible personne qu'elle n'étoit descen=
du sous cette voûte depuis qu'on l'avoit bâtie.
Puis ce n'étoit pas une simple curiosité qui la
poussoit ; c'étoit un desir naturel et bien inno=
cent de remédier au déchet où étoient tombés

ses appas. Les ennuis, le hâle, mille autres cho=
ses l'avoient tellement changée qu'elle ne se con=
noissoit plus elle-même. Il falloit abandonner les
prétentions qui lui restoient sur le cœur de son
mari, ou bien réparer ces pertes par quelque
moyen. Où en trouveroit-elle un meilleur que
celui qu'elle avoit en sa puissance, que de s'appli=
quer un peu de ce fard qu'elle portoit à Vénus?
non qu'elle eût dessein d'en abuser ni de plaire
à d'autres qu'à son mari ; les Dieux le savoient :
pourvu seulement qu'elle imposât à l'Amour, cela
suffiroit. Tout artifice est permis quand il s'agit
de regagner un époux. Si Vénus l'avoit crue si
simple que de n'oser toucher à ce fard, elle s'é=
toit fort trompée : mais, qu'elle y touchât ou non,
Cythérée l'en soupçonneroit toujours, ainsi il
lui seroit inutile de s'en abstenir.

Psyché raisonna si bien qu'elle s'attira un
nouveau malheur. Une certaine appréhension
toutefois la retenoit : elle regardoit la boîte, y
portoit la main, puis l'en retiroit, et l'y reportoit

aussitôt. Après un combat qui fut assez long, la
victoire demeura, selon sa coutume, à cette mal=
heureuse curiosité. Psyché ouvrit la boîte en
tremblant; et à peine l'eut-elle ouverte qu'il en
sortit une vapeur fuligineuse, une fumée noire
et pénétrante qui se répandit en moins d'un mo=
ment par tout le visage de notre héroïne, et sur
une partie de son sein. L'impression qu'elle y fit
fut si violente que Psyché soupçonna d'abord
quelque sinistre accident, d'autant plus qu'il ne
restoit dans la boîte qu'une noirceur qui la tei=
gnoit toute.

Psyché, alarmée, et se doutant presque de ce
qui lui étoit arrivé, se hâta de sortir de cette
cave, impatiente de rencontrer quelque fon=
taine dans laquelle elle pût apprendre l'état où
cette vapeur l'avoit mise. Quand elle fut dans la
tour, et qu'elle se présenta à la porte, les épines
qui la bouchoient et qui s'étoient d'elles-mêmes
détournées pour laisser passer Psyché la pre=
miere fois, ne la reconnoissant plus, l'arrêterent.

La tour fut contrainte de lui demander son nom.
Notre infortunée le lui dit en soupirant. Quoi!
c'est vous, Psyché? Qui vous a teint le visage de
cette sorte? Allez vîte vous laver, et gardez bien
de vous présenter en cet état à votre mari. Psy=
ché court à un ruisseau qui n'étoit pas loin, le
cœur lui battant de telle maniere que l'haleine
lui manquoit à chaque pas. Enfin elle arriva sur
le bord de ce ruisseau, et, s'étant penchée, elle
y apperçut la plus belle More du monde. Elle
n'avoit ni le nez ni la bouche comme l'ont celles
que nous voyons; mais enfin c'étoit une More.
Psyché, étonnée, tourna la tête pour voir si quel=
que Africaine ne se regardoit point derriere elle.
N'ayant vu personne, et certaine de son mal=
heur, les genoux commencerent à lui faillir, les
bras lui tomberent. Elle essaya toutefois inuti=
lement d'effacer cette noirceur avec l'onde.

Après s'être lavée long-temps sans rien avan=
cer : Ô destins, s'écria-t-elle, me condamnerez=
vous à perdre aussi la beauté? Cythérée, Cythé=

rée, quelle satisfaction vous attend! Quand je
me présenterai parmi vos esclaves, elles me re=
buteront; je serai le déshonneur de votre cour.
Qu'ai-je fait qui méritât une telle honte? ne vous
suffisoit-il pas que j'eusse perdu mes parents,
mon mari, les richesses, la liberté, sans perdre
encore l'unique bien avec lequel les femmes se
consolent de tous malheurs? Quoi! ne pouviez=
vous attendre que les années vous vengeassent?
c'est une chose sitôt passée que la beauté des
mortelles! la mélancolie seroit venue au secours
du temps. Mais j'ai tort de vous accuser: c'est
moi seule qui suis la cause de mon infortune;
c'est cette curiosité incorrigible qui, non contente
de m'avoir ôté les bonnes graces de votre fils,
m'ôte aussi le moyen de les regagner. Hélas! ce
sera ce fils le premier qui me regardera avec hor=
reur, et qui me fuira. Je l'ai cherché par tout
l'univers, et j'appréhende de le trouver. Quoi!
mon mari qui me fuira! mon mari qui me trou=
voit si charmante! Non, non, Vénus, vous n'au=

nn

rez pas ce plaisir : et puisqu'il m'est défendu
d'avancer mes jours, je me retirerai dans quel=
que désert où personne ne me verra; j'acheve=
rai mes destins parmi les serpents et parmi les
loups : il s'en trouvera quelqu'un d'assez pitoya=
ble pour me dévorer.

Dans ce dessein elle court à une forêt voisine,
s'enfonce dans le plus profond, choisit pour
principale retraite un antre effroyable. Là son
occupation est de soupirer et de répandre des
larmes; ses joues s'applatissent; ses yeux se ca=
vent; ce n'étoit plus celle de qui Vénus étoit de=
venue jalouse : il y avoit au monde telle mortelle
qui l'auroit regardée sans envie.

L'Amour commençoit alors à sortir; et,
comme il étoit guéri de sa colere aussi bien que
de sa brûlure, il ne songeoit plus qu'à Psyché.
Psyché devoit faire son unique joie; il devoit
quitter ses temples pour servir Psyché : résolu=
tions d'un nouvel amant. Les maris ont de ces
retours, mais ils les font peu durer. Ce mari-ci ne

se proposoit plus de fin dans sa passion, ni dans
le bon traitement qu'il avoit résolu de faire à sa
femme. Son dessein étoit de se jeter à ses pieds,
de lui demander pardon, de lui protester qu'il
ne retomberoit jamais en de telles bizarreries.
Tant que la journée duroit il s'entretenoit de ces
choses : la nuit venue il continuoit, et continuoit
encore pendant son sommeil. Aussitôt que l'au=
rore commençoit à poindre, il la prioit de lui
ramener Psyché ; car la Fée l'avoit assuré qu'elle
reviendroit des enfers. Dès que le soleil étoit
levé, notre époux quittoit le lit afin d'éviter les
visites de sa mere, et s'al̈oit promener dans le
bois où la belle Éthiopienne avoit choisi sa re=
traite : il le trouvoit propre à entretenir les rê=
veries d'un amant.

Un jour Psyché s'étoit endormie à l'entrée de
sa caverne. Elle étoit couchée sur le côté, le
visage tourné vers la terre, son mouchoir des=
sus, et encore un bras sur le mouchoir pour
plus grande précaution, et pour s'empêcher plus

assurément d'être vue. Si elle eût pu s'envelop=
per de ténebres, elle l'auroit fait. L'autre bras
étoit couché le long de la cuisse; il n'avoit pas la
même rondeur qu'autrefois : le moyen qu'une
personne qui ne vivoit que de fruits sauvages,
et laquelle ne mangeoit rien qui ne fût mouillé
de ses pleurs, eût de l'embonpoint? La délica=
tesse et la blancheur y étoient toujours.

L'Amour l'apperçut de loin : il sentit un tres=
saillement qui lui dit que cette personne étoit
Psyché. Plus il approchoit, et plus il se confir=
moit dans ce sentiment; car quelle autre qu'elle
auroit eu une taille si bien formée? Quand il
se trouva assez près pour considérer le bras et la
main, il n'en douta plus : non que la maigreur
ne l'arrêtât; mais il jugeoit bien qu'une personne
affligée ne pouvoit être en meilleur état. La sur=
prise de ce Dieu ne fut pas petite; pour sa joie,
je vous la laisse à imaginer. Un amant que nos
romanciers auroient fait seroit demeuré deux
heures à considérer l'objet de sa passion sans

l'oser toucher, ni seulement interrompre son
sommeil : l'Amour s'y prit d'une autre maniere.
Il s'agenouilla d'abord auprès de Psyché, et
lui souleva une main, laquelle il étendit sur
la sienne; puis usant de l'autorité d'un Dieu
et de celle d'un mari, il y imprima deux bai=
sers.

Psyché étoit si fort abattue, qu'elle s'éveilla
seulement au second baiser. Dès qu'elle apper=
çut l'Amour elle se leva, s'enfuit dans son antre,
s'alla cacher à l'endroit le plus profond, telle=
ment émue qu'elle ne savoit à quoi se résoudre.
L'état où elle avoit vu le Dieu, cette posture de
suppliant, ce baiser dont la chaleur lui faisoit
connoître que c'étoit un véritable baiser d'a=
mour, et non un baiser de simple galanterie,
tout cela l'enhardissoit : mais de se montrer
ainsi noire et défigurée à celui dont elle vou=
loit regagner le cœur, il n'y avoit pas d'appa=
rence.

Cependant l'Amour s'étoit approché de la

caverne; et repensant à l'ébene de cette personne qu'il avoit vue, il croyoit s'être trompé, et se vou=loit quelque mal d'avoir pris une Éthiopienne pour son épouse. Quand il fut dans l'antre : Belle More, lui cria-t-il, vous ne savez guere ce que je suis, de me fuir ainsi ; ma rencontre ne fait pas peur. Dites-moi ce que vous cherchez dans ces provinces; peu de gens y viennent que pour ai=mer : si c'est là ce qui vous amene, j'ai de quoi vous satisfaire. Avez-vous besoin d'un amant? je suis le Dieu qui les fais. Quoi! vous dédaignez de me répondre! vous me fuyez!

Hélas! dit Psyché, je ne vous fuis point; j'ôte seulement de devant vos yeux un objet que j'ap=préhende que vous ne fuyiez vous-même.

Cette voix si douce, si agréable, et autrefois familiere au fils de Vénus, fut aussitôt reconnue de lui. Il courut au coin où s'étoit réfugiée son épouse. Quoi! c'est vous! dit-il : quoi! ma chere Psyché, c'est vous! Aussitôt il se jeta aux pieds de la Belle. J'ai failli, continua-t-il en les em=

brassant : mon caprice est cause qu'une per=
sonne innocente, qu'une personne qui étoit née
pour ne connoître que les plaisirs, a souffert des
peines que les coupables ne souffrent point : et
je n'ai pas renversé le ciel et la terre pour l'em=
pêcher! je n'ai pas ramené le chaos au monde!
je ne me suis pas donné la mort, tout Dieu que
je suis! Ah! Psyché, que vous avez de sujets de
me détester! Il faut que je meure, et que j'en
trouve les moyens, quelque impossible que soit
la chose.

Psyché chercha une de ses mains pour la lui
baiser. L'Amour s'en douta, et se relevant : Ah!
s'écria-t-il, que vous ajoutez de douceur à vos
autres charmes! Je sais les sentiments que vous
avez eus; toute la nature me les a dits : il ne vous
est pas échappé un seul mot de plainte contre
ce monstre qui étoit indigne de votre amour. Et
comme elle lui avoit trouvé la main : Non, pour=
suivit-il, ne m'accordez point de telles faveurs;
je n'en suis pas digne : je ne demande pour toute

grace que quelque punition que vous m'imposiez
vous-même. Ma Psyché, ma chere Psyché, di=
tes-moi, à quoi me condamnez-vous?

Je vous condamne à être aimé de votre Psy=
ché éternellement, dit notre héroïne; car que
vous l'aimiez, elle auroit tort de vous en prier:
elle n'est plus belle.

Ces paroles furent prononcées avec un ton
de voix si touchant que l'Amour ne put rete=
nir ses larmes. Il noya de pleurs l'une des mains
de Psyché; et pressant cette main entre les
siennes, il se tut long-temps, et par ce silence
il s'exprima mieux que s'il eût parlé: les tor=
rents de larmes firent ce que ceux de paroles
n'auroient su faire. Psyché, charmée de cette
éloquence, y répondit comme une personne
qui en savoit tous les traits. Et considérez, je
vous prie, ce que c'est d'aimer; le couple d'a=
mants le mieux d'accord et le plus passionné
qu'il y eût au monde, employoit l'occasion à ver=
ser des pleurs et à pousser des soupirs. Amants

heureux, il n'y a que vous qui connoissiez le
plaisir!

À cette exclamation Polyphile, tout transporté,
laissa tomber l'écrit qu'il tenoit; et Acante, se
souvenant de quelque chose, fit un soupir. Gé=
laste leur dit avec un souris moqueur : Courage,
messieurs les amants, voilà qui est bien, et vous
faites votre devoir. Oh! les gens heureux et trois
fois heureux que vous êtes! moi, misérable! je
ne saurois soupirer après le plaisir de verser des
pleurs. Puis ramassant le papier de Polyphile :
Tenez, lui dit-il, voilà votre écrit, achevez Psy=
ché, et remettez-vous. Polyphile reprit son ca=
hier, et continua ainsi :

Cette conversation de larmes devint à la fin
conversation de baisers; je passe légèrement cet
endroit. L'Amour pria son épouse de sortir de
l'antre, afin qu'il apprît le changement qui étoit
survenu en son visage, et pour y apporter re=

oo

mede s'il se pouvoit. Psyché lui dit en riant :
Vous m'avez refusé, s'il vous en souvient, la sa=
tisfaction de vous voir lorsque je vous l'ai de=
mandé, je vous pourrois rendre la pareille à
bien meilleur droit, et avec bien plus de rai=
son que vous n'en aviez ; mais j'aime mieux
me détruire dans votre esprit que de ne pas
vous complaire. Aussi-bien faut-il que vous
cherchiez un remede à la passion qui vous oc=
cupe : elle vous met mal avec votre mere, et
vous fait abandonner le soin des mortels et la
conduite de votre empire. En disant ces mots
elle lui donna la main pour le mener hors de
l'antre.

L'Amour se plaignit de la pensée qu'elle avoit,
et lui jura par le Styx qu'il l'aimeroit éternelle=
ment, blanche ou noire, belle ou non belle ; car
ce n'étoit pas seulement son corps qui le rendoit
amoureux, c'étoit son esprit et son ame par-des=
sus tout.

Quand ils furent sortis de l'antre, et que l'A=

mour eut jeté les yeux sur son épouse, il recula
trois ou quatre pas, tout surpris et tout étonné.
Je vous l'avois bien promis, lui dit-elle, que cette
vue seroit un remede pour votre amour : je ne
m'en plains pas, et n'y trouve point d'injustice.
La plupart des femmes prennent le ciel à témoin
quand cela arrive : elles disent qu'on doit les ai=
mer pour elles, et non pas pour le plaisir de les
voir ; qu'elles n'ont point d'obligation à ceux qui
cherchent seulement à se satisfaire ; que cette
sorte de passion qui n'a pour objet que ce qui
touche les sens ne doit point entrer dans une
belle ame, et est indigne qu'on y réponde ; c'est
aimer comme aiment les animaux ; au lieu qu'il
faudroit aimer comme les esprits détachés des
corps. Les amants, les vrais amants, se mettent
le plus qu'ils peuvent dans cet état : ils s'affran=
chissent de la tyrannie du temps ; ils se rendent
indépendants du hasard et de la malignité des
astres : tandis que les autres sont toujours en
transe, soit pour le caprice de la fortune, soit

pour celui des saisons. Quand ils n'auroient
rien à craindre de ce côté-là, les années leur font
une guerre continuelle; il n'y a pas un moment
au jour qui ne détruise quelque chose de leur
plaisir; c'est une nécessité qu'il aille toujours en
diminuant : et d'autres raisons très belles et très
peu persuasives. Je n'en veux opposer qu'une à
ces femmes. Leur beauté et leur jeunesse ont
fait naître la passion que l'on a pour elles, il est
naturel que le contraire l'anéantisse. Je ne vous
demande donc plus d'amour; ayez seulement de
l'amitié, ou, si je n'en suis pas digne, quelque
peu de compassion. Il est de la qualité d'un Dieu
comme vous d'avoir pour esclaves des personnes
de mon sexe : faites-moi la grace que j'en sois
une.

L'Amour trouva sa femme plus belle après ce
discours qu'il ne l'avoit encore trouvée. Il se jeta
à son cou : Vous ne m'avez, lui repartit-il, de=
mandé que de l'amitié, je vous promets de l'a=
mour. Et consolez-vous; il vous reste plus de

beauté que n'en ont toutes les mortelles ensem=
ble. Il est vrai que votre visage a changé de
teint; mais il n'a nullement changé de traits : et
ne comptez-vous pour rien le reste du corps?
Qu'avez vous perdu de lis et d'albâtre à compa=
raison de ce qui vous en est demeuré? Allons
voir Vénus. Cet avantage qu'elle vient de rem=
porter, quoiqu'il soit petit, la rendra contente,
et nous réconciliera les uns et les autres : sinon
j'aurai recours à Jupiter, et je le prierai de vous
rendre votre vrai teint. Si cela dépendoit de moi,
vous seriez déja ce que vous étiez lorsque vous me
rendîtes amoureux; ce seroit ici le plus beau mo=
ment de vos jours : mais un Dieu ne sauroit dé=
faire ce qu'un autre Dieu a fait. Il n'y a que Ju=
piter à qui ce privilege soit accordé. S'il ne vous
rend tous vos lis, sans qu'il y en ait un seul de
perdu, je ferai périr la race des animaux et des
hommes. Que feront les Dieux après cela? pour
les roses, c'est mon affaire; et pour l'embonpoint,
la joie le ramenera. Ce n'est pas encore assez,

je veux que l'Olympe vous reconnoisse pour mon
épouse.

Psyché se fût jetée à ses pieds, si elle n'eût su
comme on doit agir avec l'Amour. Elle se con=
tenta donc de lui dire en rougissant : Si je pou=
vois être votre femme sans être blanche, cela
seroit bien plus court et bien plus certain.

Ce point-là vous est assuré, repartit l'Amour;
je l'ai juré par le Styx : mais je veux que vous
soyez blanche. Allons nous présenter à Vénus.

Psyché se laissa conduire, bien qu'elle eût
beaucoup de répugnance à se montrer, et peu
d'espérance de réussir. La soumission aux vo=
lontés de son époux lui fermoit les yeux : elle se
seroit résolue pour lui complaire à des choses
plus difficiles. Pendant le chemin elle lui conta
les principales aventures de son voyage; la mer=
veille de cette tour qui lui avoit donné des adres=
ses; l'Achéron, le Styx, l'âne boiteux, le laby=
rinthe, et les trois gueules de son portier; les
fantômes qu'elle avoit vus; la cour de Pluton et

de Proserpine ; enfin son retour, et sa curiosité qu'elle-même jugeoit très digne d'être punie.

Elle achevoit son récit quand ils arriverent à ce château qui étoit à mi-chemin de Paphos et d'Amathonte. Vénus se promenoit dans le parc. On lui alla dire de la part de l'Amour qu'il avoit une Africaine assez bien faite à lui présenter : elle en pourroit faire une quatrieme Grace, non seulement brune comme les autres, mais toute noire.

Cythérée rêvoit alors à sa jalousie ; à la pas= sion dont son fils étoit malade, et qui, tout con= sidéré, n'étoit pas un crime ; aux peines à quoi elle avoit condamné la pauvre Psyché, peines très cruelles, et qui lui faisoient à elle-même pitié. Outre cela l'absence de son ennemie avoit laissé refroidir sa colere, de façon que rien ne l'empêchoit plus de se rendre à la raison. Elle étoit dans le moment le plus favorable qu'on eût pu choisir pour accommoder les choses.

Cependant toute la cour de Vénus étoit ac=

courue pour voir ce miracle, cette nouvelle fa=
çon de More : c'étoit à qui la regarderoit de plus
près. Quelque étonnement que sa vue causât,
on y prenoit du plaisir; et on auroit bien donné
une demi-douzaine de blanches pour cette noire.
Au reste, soit que la couleur eût changé son air,
soit qu'il y eût de l'enchantement, personne ne
se souvint d'avoir rien vu qui lui ressemblât.
Les Jeux et les Ris firent connoissance avec elle
d'abord, sans se la remettre, admirant les gra=
ces de sa personne, sa taille, ses traits, et di=
sant tout haut que la couleur n'y faisoit rien.
Néanmoins ce visage d'Éthiopienne enté sur un
corps de Grecque sembloit quelque chose de
fort étrange. Toute cette cour la considéroit
comme un très beau monstre et très digne d'être
aimé. Les uns assuroient qu'elle étoit fille d'un
blanc et d'une noire, les autres d'un noir et d'une
blanche.

Quand elle fut à quatre pas de Vénus, elle
mit un genou en terre : Charmante reine de la

beauté, lui dit-elle, c'est votre esclave qui re=
vient des lieux où vous l'avez envoyée.

Tout le monde la reconnut aussitôt. On de=
meura fort surpris. Les Jeux et les Ris, qui sont
un peuple assez étourdi, eurent de la discrétion
cette fois-là, et dissimulèrent leur joie de peur
d'irriter Vénus contre leur nouvelle maîtresse.
Vous ne sauriez croire combien elle étoit aimée
dans cette cour. La plupart des gens avoient ré=
solu de se cantonner, à moins que Cythérée ne
la traitât mieux.

Psyché remarqua fort bien les mouvements que
sa présence excitoit dans le fond des cœurs, et
qui paroissoient même sur les visages ; mais elle
n'en témoigna rien, et continua de cette sorte :
Proserpine m'a donné charge de vous faire ses
compliments, et de vous assurer de la conti=
nuation de son amitié. Elle m'a mis entre les
mains une boîte que j'ai ouverte, bien que vous
m'eussiez défendu de l'ouvrir. Je n'oserois vous
prier de me pardonner, et je me viens sou=

mettre à la peine que ma curiosité a méritée.

Vénus, jetant les yeux sur Psyché, ne sentit
pas tout le plaisir et la joie que sa jalousie lui
avoit promis. Un mouvement de compassion
l'empêcha de jouir de sa vengeance et de la vic=
toire qu'elle remportoit; si bien que, passant
d'une extrémité en une autre, à la maniere des
femmes, elle se mit à pleurer, releva elle-même
notre héroïne, puis l'embrassa : Je me rends,
dit-elle, Psyché; oubliez le mal que je vous ai
fait. Si c'est effacer les sujets de haine que vous
avez contre moi, et vous faire une satisfaction
assez grande que de vous recevoir pour ma fille,
je veux bien que vous la soyez. Montrez-vous
meilleure que Vénus, aussi bien que vous êtes
déja plus belle; ne soyez pas si vindicative que
je l'ai été, et allez changer d'habit. Toutefois,
ajouta-t-elle, vous avez besoin de repos. Puis se
tournant vers les Graces : Mettez-la au bain
qu'on a préparé pour moi, et faites-la reposer
ensuite; je l'irai voir en son lit.

La Déesse n'y manqua pas, et voulut que no=
tre héroïne couchât avec elle cette nuit-là ; non
pour l'ôter à son fils : mais on résolut de célébrer
un nouvel hymen, et d'attendre que notre Belle
eût repris son teint. Vénus consentit qu'il lui fût
rendu ; même qu'un brevet de Déesse lui fût don=
né, si tout cela se pouvoit obtenir de Jupiter.

L'Amour ne perd point de temps, et pendant
que sa mere étoit en belle humeur, s'en va trou=
ver le roi des Dieux. Jupiter, qui avoit appris
l'histoire de ses amours, lui en demanda des
nouvelles ; comme il se portoit de sa brûlure ;
pourquoi il abandonnoit les affaires de son état.
L'Amour répondit succinctement à ces ques=
tions, et vint au sujet qui l'amenoit.

Mon fils, lui dit Jupiter en l'embrassant, vous
ne trouverez plus d'Éthiopienne chez votre mere :
le teint de Psyché est aussi blanc que jamais il
fut : j'ai fait ce miracle dès le moment que vous
m'avez témoigné le souhaiter. Quant à l'autre
point ; le rang que vous demandez pour votre

épouse n'est pas une chose si aisée à accorder qu'il vous semble. Nous n'avons parmi nous que trop de Déesses. C'est une nécessité qu'il y ait du bruit où il y a tant de femmes. La beauté de votre épouse étant telle que vous dites, ce sera des sujets de jalousie et de querelles, lesquelles je ne viendrai jamais à bout d'appaiser. Il ne fau= dra plus que je songe à mon office de foudroyant; j'en aurai assez de celui de médiateur pour le reste de mes jours. Mais ce n'est pas ce qui m'ar= rête le plus. Dès que Psyché sera Déesse il lui faudra des temples aussi bien qu'aux autres. L'augmentation de ce culte nous diminuera no= tre portion. Déja nous nous morfondons sur nos autels, tant ils sont froids et mal encensés. Cette qualité de Dieu deviendra à la fin si commune que les mortels ne se mettront plus en peine de l'honorer.

Que vous importe? reprit l'Amour: votre féli= cité dépend-elle du culte des hommes? qu'ils vous négligent, qu'ils vous oublient, ne vivez=

vous pas ici heureux et tranquille, dormant les
trois quarts du temps, laissant aller les choses
du monde comme elles peuvent, tonnant et grê=
lant lorsque la fantaisie vous en vient? Vous sa=
vez combien quelquefois nous nous ennuyons :
jamais la compagnie n'est bonne s'il n'y a des
femmes qui soient aimables. Cybele est vieille ;
Junon de mauvaise humeur ; Cérès sent sa divi=
nité de province, et n'a nullement l'air de la
cour ; Minerve est toujours armée ; Diane nous
rompt la tête avec sa trompe : on pourroit faire
quelque chose d'assez bon de ces deux dernie=
res ; mais elles sont si farouches qu'on ne leur
oseroit dire un mot de galanterie. Pomone est
ennemie de l'oisiveté et a toujours les mains ru=
des ; Flore est agréable, je le confesse, mais son
soin l'attache plus à la terre qu'à ces demeures ;
l'Aurore se leve de trop grand matin, on ne sait
ce qu'elle devient tout le reste de la journée : il
n'y a que ma mere qui nous réjouisse, encore a-
t-elle toujours quelque affaire qui la détourne,

et demeure une partie de l'année à Paphos, Cy=
there, ou Amathonte. Comme Psyché n'a aucun
domaine, elle ne bougera de l'Olympe. Vous
verrez que sa beauté ne sera pas un petit orne=
ment pour votre cour. Ne craignez point que
les autres lui portent envie ; il y a trop d'inéga=
lité entre ses charmes et les leurs. La plus inté=
ressée c'est ma mere, qui y consent.

Jupiter se rendit à ces raisons, et accorda à
l'Amour ce qu'il demandoit. Il témoigna qu'il
apportoit son consentement à l'apothéose par
une petite inclination de tête qui ébranla légè=
rement l'univers, et le fit trembler seulement
une demi-heure.

Aussitôt l'Amour fit mettre les cygnes à son
char, descendit en terre, et trouva sa mere qui
elle-même faisoit office de Grace autour de Psy=
ché, non sans lui donner mille louanges et pres=
que autant de baisers. Toute cette cour prit le
chemin de l'Olympe, les Graces se promettant
bien de danser aux noces.

Je n'en décrirai point la cérémonie, non plus
que celle de l'apothéose : je décrirai encore moins
les plaisirs de nos époux ; il n'y a qu'eux seuls
qui pussent être capables de les exprimer. Ces
plaisirs leur eurent bientôt donné un doux gage
de leur amour, une fille qui attira les Dieux et
les hommes dès qu'on la vit. On lui a bâti des
temples sous le nom de la Volupté.

Ô douce Volupté, sans qui, dès notre enfance,
Le vivre et le mourir nous deviendroient égaux ;
Aimant universel de tous les animaux,
Que tu sais attirer avecque violence,
    Par toi tout se meut ici bas.
    C'est pour toi, c'est pour tes appas,
    Que nous courons après la peine ;
    Il n'est soldat, ni capitaine,
Ni ministre d'état, ni prince, ni sujet,
    Qui ne t'ait pour unique objet :
Nous autres nourrissons, si, pour fruit de nos veilles,
Un bruit délicieux ne charmoit nos oreilles,
Si nous ne nous sentions chatouillés de ce son,
    Ferions-nous un mot de chanson ?
Ce qu'on appelle gloire en termes magnifiques,

Ce qui servoit de prix dans les jeux olympiques,
N'est que toi proprement, divine Volupté.
Et le plaisir des sens n'est-il de rien compté?
    Pourquoi sont faits les dons de Flore,
    Le soleil couchant, et l'aurore,
    Pomone et ses mets délicats,
    Bacchus, l'ame des bons repas,
    Les forêts, les eaux, les prairies,
    Meres des douces rêveries;
Pourquoi tant de beaux arts, qui tous sont tes enfants;
Mais pourquoi les Chloris aux appas triomphants,
    Que pour maintenir ton commerce?
J'entends innocemment : sur son propre desir
    Quelque rigueur que l'on exerce
    Encore y prend-on du plaisir.

Volupté, Volupté, qui fus jadis maîtresse
    Du plus bel esprit de la Grece,
Ne me dédaigne pas, viens-t'en loger chez moi;
    Tu n'y seras pas sans emploi :
J'aime le jeu, l'amour, les livres, la musique,
La ville et la campagne, enfin tout; il n'est rien
    Qui ne me soit souverain bien,
Jusqu'au sombre plaisir d'un cœur mélancolique.
Viens donc; et de ce bien, ô douce Volupté,

Veux-tu savoir au vrai la mesure certaine?
Il m'en faut tout au moins un siecle bien compté ;
    Car trente ans , ce n'est pas la peine.

Polyphile cessa de lire. Il n'avoit pas cru pou=
voir mieux finir que par l'hymne de la Volupté,
dont le dessein ne déplut pas tout–à–fait à ses
trois amis.

Après quelques courtes réflexions sur les
principaux endroits de l'ouvrage : Ne voyez=
vous pas, dit Ariste, que ce qui vous a donné
le plus de plaisir, ce sont les endroits où Po=
lyphile a tâché d'exciter en vous la compas=
sion?

Ce que vous dites est fort vrai, repartit Acante;
mais je vous prie de considérer ce gris-de-lin,
ce couleur d'aurore, cet orangé, et sur-tout ce
pourpre, qui environnent le roi des astres. En
effet, il y avoit très long-temps que le soir ne
s'étoit trouvé si beau. Le Soleil avoit pris son
char le plus éclatant, et ses habits les plus ma=
gnifiques.

Il sembloit qu'il se fût paré
Pour plaire aux filles de Nérée :
Dans un nuage bigarré
Il se coucha cette soirée.
L'air étoit peint de cent couleurs :
Jamais parterre plein de fleurs
N'eut tant de sortes de nuances.
Aucune vapeur ne gâtoit
Par ses malignes influences
Le plaisir qu'Acante goûtoit.

On lui donna le loisir de considérer les der=
nieres beautés du jour : puis la lune étant en
son plein, nos voyageurs et le cocher qui les
conduisoit la voulurent bien pour leur guide.

FIN DES AMOURS DE PSYCHÉ.

ADONIS, POËME.

AVERTISSEMENT.

Il y a long-temps que cet ouvrage est compo=
sé; et peut-être n'en est-il pas moins digne
de voir la lumiere. Quand j'en conçus le des=
sein, j'avois plus d'imagination que je n'en ai
aujourd'hui. Je m'étois toute ma vie exercé en
ce genre de poésie que nous nommons héroï=
que : c'est assurément le plus beau de tous, le
plus fleuri, le plus susceptible d'ornements, et
de ces figures nobles et hardies qui font une
langue à part, une langue assez charmante pour
mériter qu'on l'appelle la langue des Dieux. Le
fonds que j'en avois fait, soit par la lecture des
anciens, soit par celle de quelques uns de nos
modernes, s'est presque entièrement consumé
dans l'embellissement de ce poëme. Bien que
l'ouvrage soit court, et qu'à proprement parler

il ne mérite que le nom d'Idylle, en quelque
rang qu'on le mette, il m'a semblé à propos de
ne le point séparer de Psyché. Je joins aux
amours du fils celles de la mere, et j'ose espérer
que mon présent sera bien reçu. Nous sommes
en un siecle où on écoute assez favorablement
tout ce qui regarde cette famille. Pour moi, qui
lui dois les plus doux moments que j'aie passés
jusqu'ici, j'ai cru ne pouvoir moins faire que de
célébrer ses aventures de la façon la plus agréa=
ble qu'il m'est possible.

ADONIS, POËME.

Je n'ai pas entrepris de chanter dans ces vers
Rome, ni ses enfants vainqueurs de l'univers,
Ni les fameuses tours qu'Hector ne put défendre,
Ni les combats des Dieux aux rives du Scamandre :
Ces sujets sont trop hauts, et je manque de voix ;
Je n'ai jamais chanté que l'ombrage des bois,
Flore, Écho, les Zéphyrs et leurs molles haleines,
Le verd tapis des prés et l'argent des fontaines.
C'est parmi les forêts qu'a vécu mon héros ;
C'est dans les bois qu'Amour a troublé son repos.
Ma muse en sa faveur de myrte s'est parée ;
J'ai voulu célébrer l'amant de Cythérée,
Adonis, dont la vie eut des termes si courts,
Qui fut pleuré des Ris, qui fut plaint des Amours.
Aminte, c'est à vous que j'offre cet ouvrage ;
Mes chansons et mes vœux, tout vous doit rendre hom-
    mage :

Trop heureux si j'osois conter à l'univers
Les tourments infinis que pour vous j'ai soufferts !
Quand vous me permettrez de chanter votre gloire ;
Quand vos yeux, renommés par plus d'une victoire,
Me laisseront vanter le pouvoir de leurs traits,
Et l'empire d'Amour accru par vos attraits,
Je vous peindrai si belle et si pleine de charmes,
Que chacun bénira le sujet de mes larmes.
Voilà l'unique but où tendent mes souhaits.
Cependant recevez le don que je vous fais ;
Ne le dédaignez pas : lisez cette aventure,
Dont, pour vous divertir, j'ai tracé la peinture.

Aux monts idaliens un bois délicieux
De ses arbres chenus semble toucher les cieux.
Sous ces ombrages verds loge la solitude.
Là, le jeune Adonis, exempt d'inquiétude,
Loin du bruit des cités, s'exerçoit à chasser,
Ne croyant pas qu'Amour pût jamais l'y blesser.
À peine son menton d'un mol duvet s'ombrage,
Qu'aux plus fiers animaux il montre son courage.
Ce n'est pas le seul don qu'il ait reçu des cieux :
Il semble être formé pour le plaisir des yeux.
Qu'on ne nous vante point le ravisseur d'Hélene,
Ni celui qui jadis aimoit une ombre vaine,

Ni tant d'autres héros fameux par leurs appas;
Tous ont cédé le prix au fils de Cyniras.
Déja la Renommée, en naissant inconnue,
Nymphe qui cache enfin sa tête dans la nue,
Par un charmant récit amusant l'univers,
Va parler d'Adonis à cent peuples divers,
À ceux qui sont sous l'ourse, aux voisins de l'aurore,
Aux filles du Sarmate, aux pucelles du More.
Paphos sur ses autels le voit presque élever,
Et le cœur de Vénus ne sait où se sauver.
L'image du héros, qu'elle a toujours présente,
Verse au fond de son ame une ardeur violente:
Elle invoque son fils, elle implore ses traits,
Et tâche d'assembler tout ce qu'elle a d'attraits.
Jamais on ne lui vit un tel dessein de plaire;
Rien ne lui semble bien; les Graces ont beau faire.
Enfin, s'accompagnant des plus discrets Amours,
Aux monts idaliens elle dresse son cours.
Son char, qui trace en l'air de longs traits de lumiere,
A bientôt achevé l'amoureuse carriere.
Elle trouve Adonis près des bords d'un ruisseau;
Couché sur des gazons, il rêve, au bruit de l'eau.
Il ne voit presque pas l'onde qu'il considere:
Mais l'éclat des beaux yeux qu'on adore en Cythere
L'a bientôt retiré d'un penser si profond.

r r

Cet objet le surprend, l'étonne et le confond ;
Il admire les traits de la fille de l'onde.
Un long tissu de fleurs, ornant sa tresse blonde,
Avoit abandonné ses cheveux aux Zéphyrs ;
Son écharpe, qui vole au gré de leurs soupirs,
Laisse voir les trésors de sa gorge d'albâtre.
Jadis en cet état Mars en fut idolâtre,
Quand aux champs de l'Olympe on célébra des jeux
Pour les Titans défaits par son bras valeureux.
Rien ne manque à Vénus, ni les lis, ni les roses,
Ni le mélange exquis des plus aimables choses,
Ni ce charme secret dont l'œil est enchanté,
Ni la grace, plus belle encor que la beauté.
Telle on vous voit, Aminte : une glace fidele
Vous peut de tous ces traits présenter un modele ;
Et, s'il falloit juger de l'objet le plus doux,
Le sort seroit douteux entre Vénus et vous.
Tandis que le héros admire Cythérée,
Elle rend par ces mots son ame rassurée :
Trop aimable mortel, ne crains point mon aspect ;
Que de la part d'Amour rien ne te soit suspect :
En ces lieux écartés c'est lui seul qui m'amene.
Le ciel est ma patrie, et Paphos mon domaine :
Je les quitte pour toi ; vois si tu veux m'aimer.
Le transport d'Adonis ne se peut exprimer.

Ô Dieux! s'écria-t-il, n'est-ce point quelque songe?
Puis-je embrasser l'erreur où ce discours me plonge?
Charmante déité, vous dois-je ajouter foi?
Quoi! vous quittez les cieux, et les quittez pour moi!
Il me seroit permis d'aimer une immortelle!
Amour rend ses sujets tous égaux, lui dit-elle;
La beauté, dont les traits même aux dieux sont si doux,
Est quelque chose encor de plus divin que nous.
Nous aimons, nous aimons, ainsi que toute chose:
Le pouvoir de mon fils de moi-même dispose:
Tout est né pour aimer. Ainsi parle Vénus;
Et ses yeux éloquents en disent beaucoup plus,
Ils persuadent mieux que ce qu'a dit sa bouche.
Ses regards, truchements de l'ardeur qui la touche,
Sa beauté souveraine, et les traits de son fils,
Ont contraint Mars d'aimer: que peut faire Adónis?
Il aime, il sent couler un brasier dans ses veines;
Les plaisirs qu'il attend sont accrus par ses peines;
Il desire, il espere, il craint, il sent un mal
À qui les plus grands biens n'ont rien qui soit égal.
Vénus s'en apperçoit, et feint qu'elle l'ignore:
Tous deux de leur amour semblent douter encore;
Et, pour s'en assurer, chacun de ces amants
Mille fois en un jour fait les mêmes serments.
Quelles sont les douceurs qu'en ces bois ils goûterent!

Ô vous de qui les voix jusqu'aux astres monterent,
Lorsque par vos chansons tout l'univers charmé
Vous ouït célébrer ce couple bien aimé,
Grands et nobles esprits, chantres incomparables,
Mêlez parmi ces sons vos accords admirables.
Écho, qui ne tait rien, vous conta ces amours;
Vous les vîtes gravés au fond des antres sourds :
Faites que j'en retrouve au temple de Mémoire
Les monuments sacrés, source de votre gloire,
Et que, m'étant formé sur vos savantes mains,
Ces vers puissent passer aux derniers des humains.
Tout ce qui naît de doux en l'amoureux empire
Quand d'une égale ardeur l'un pour l'autre on soupire,
Et que, de la contrainte ayant banni les lois,
On se peut assurer au silence des bois,
Jours devenus moments, moments filés de soie,
Agréables soupirs, pleurs enfants de la joie,
Vœux, serments et regards, transports, ravissements,
Mélange dont se fait le bonheur des amants,
Tout par ce couple heureux fut lors mis en usage.
Tantôt ils choisissoient l'épaisseur d'un ombrage :
Là, sous des chênes vieux où leurs chiffres gravés
Se sont avec les troncs accrus et conservés,
Mollement étendus ils consumoient les heures,
Sans avoir pour témoins, en ces sombres demeures,

Que les chantres des bois, pour confidents qu'Amour
Qui seul guidoit leurs pas en cet heureux séjour.
Tantôt sur des tapis d'herbe tendre et sacrée
Adonis s'endormoit auprès de Cythérée,
Dont les yeux, enivrés par des charmes puissants,
Attachoient au héros leurs regards languissants.
Bien souvent ils chantoient les douceurs de leurs peines ;
Et quelquefois assis sur le bord des fontaines,
Tandis que cent cailloux, luttant à chaque bond,
Suivoient les longs replis du crystal vagabond,
Voyez, disoit Vénus, ces ruisseaux et leur course ;
Ainsi jamais le temps ne remonte à sa source :
Vainement pour les Dieux il fuit d'un pas léger ;
Mais, vous autres mortels, le devez ménager,
Consacrant à l'Amour la saison la plus belle.
Souvent, pour divertir leur ardeur mutuelle,
Ils dansoient aux chansons, de Nymphes entourés.
Combien de fois la lune a leurs pas éclairés,
Et, couvrant de ses rais l'émail d'une prairie,
Les a vus à l'envi fouler l'herbe fleurie !
Combien de fois le jour a vu les antres creux
Complices des larcins de ce couple amoureux !
Mais n'entreprenons pas d'ôter le voile sombre
De ces plaisirs amis du silence et de l'ombre.
Il est temps de passer au funeste moment

Où la triste Vénus doit quitter son amant.
Du bruit de ses amours Paphos est alarmée :
On dit qu'au fond d'un bois la déesse charmée,
Inutile aux mortels, et sans soin de leurs vœux,
Renonce au culte vain de ses temples fameux.
Pour dissiper ce bruit, la reine de Cythere
Veut quitter pour un temps ce séjour solitaire.
Que ce cruel dessein lui causa de douleurs !
Un jour que son amant la voyoit tout en pleurs,
Déesse, lui dit-il, qui causez mes alarmes,
Quel ennui si profond vous oblige à ces larmes?
Vous aurois-je offensée? ou ne m'aimez-vous plus?
Ah ! dit-elle, quittez ces soupçons superflus;
Adonis tâcheroit en vain de me déplaire :
Ces pleurs naissent d'amour, et non pas de colere.
D'un déplaisir secret mon cœur se sent atteint :
Il faut que je vous quitte, et le sort m'y contraint;
Il le faut. Vous pleurez! Du moins, en mon absence,
Conservez-moi toujours un cœur plein de constance;
Ne pensez qu'à moi seule; et qu'un indigne choix
Ne vous attache point aux Nymphes de ces bois :
Leurs fers après les miens ont pour vous de la honte.
Sur-tout de votre sang il me faut rendre compte.
Ne chassez point aux ours, aux sangliers, aux lions;
Gardez-vous d'irriter tous ces monstres félons :

Laissez les animaux qui, fiers et pleins de rage,
Ne cherchent leur salut qu'en montrant leur courage;
Les daims et les chevreuils, en fuyant devant vous,
Donneront à vos sens des plaisirs bien plus doux.
Je vous aime, et ma crainte a d'assez justes causes :
Il sied bien en amour de craindre toutes choses.
Que deviendrois-je, hélas! si le sort rigoureux
Me privoit pour jamais de l'objet de mes vœux!...
Là, se fondant en pleurs, on voit croître ses charmes.
Adonis lui répond seulement par des larmes.
Elle ne peut partir de ces aimables lieux;
Cent humides baisers achèvent ses adieux.
Ô vous, tristes plaisirs où leur ame se noie,
Vains et derniers efforts d'une imparfaite joie,
Moments pour qui le sort rend leurs vœux surperflus,
Délicieux moments, vous ne reviendrez plus!
Adonis voit un char descendre de la nue :
Cythérée y montant disparoît à sa vue.
C'est en vain que des yeux il la suit dans les airs;
Rien ne s'offre à ses sens que l'horreur des déserts.
Les vents, sourds à ses cris, renforcent leur haleine :
Tout ce qu'il vient de voir lui semble une ombre vaine.
Il appelle Vénus, fait retentir les bois,
Et n'entend qu'un écho qui répond à sa voix.
C'est lors que, repassant dans sa triste mémoire

Ce que naguere il eut de plaisirs et de gloire,
Il tâche à rappeler ce bonheur sans pareil :
Semblable à ces amants trompés par le sommeil,
Qui rappellent en vain pendant la nuit obscure
Le souvenir confus d'une douce imposture.
Tel Adonis repense à l'heur qu'il a perdu :
Il le conte aux forêts, et n'est point entendu.
Tout ce qui l'environne est privé de tendresse ;
Et, soit que des douleurs la nuit enchanteresse
Plonge les malheureux au suc de ses pavots,
Soit que l'astre du jour ramene leurs travaux,
Adonis sans relâche aux plaintes s'abandonne ;
De sanglots redoublés sa demeure résonne.
Cet amant toujours pleure, et toujours les Zéphyrs
En volant vers Paphos sont chargés de soupirs.
La molle oisiveté, la triste solitude,
Poisons dont il nourrit sa noire inquiétude,
Le livrent tout entier au vain ressouvenir
Qui le vient malgré lui sans cesse entretenir.
Enfin, pour divertir l'ennui qui le possede,
On lui dit que la chasse est un puissant remede.
Dans ces lieux pleins de paix, seul avecque l'amour
Ce plaisir occupoit les héros d'alentour.
Adonis les assemble, et se plaint de l'outrage
Que ces champs ont reçu d'un sanglier plein de rage.

Ce tyran des forêts porte par-tout l'effroi;
Il ne peut rien souffrir de sûr autour de soi :
L'avare laboureur se plaint à sa famille
Que sa dent a détruit l'espoir de la faucille :
L'un craint pour ses vergers, l'autre pour ses guérets;
Il foule aux pieds les dons de Flore et de Cérès :
Monstre énorme et cruel, qui souille les fontaines,
Qui fait bruire les monts, qui désole les plaines,
Et, sans craindre l'effort des voisins alarmés,
S'apprête à recueillir les grains qu'ils ont semés.
Tâcher de le surprendre est tenter l'impossible;
Il habite en un fort épais, inaccessible.
Tel on voit qu'un brigand fameux et redouté
Se cache après ses vols en un antre écarté,
Fait des champs d'alentour de vastes cimetieres,
Ravage impunément des provinces entieres,
Laisse gronder les lois, se rit de leur courroux,
Et ne craint point la mort, qu'il porte au sein de tous :
L'épaisseur des forêts le dérobe aux supplices.
C'est ainsi que le monstre a ces bois pour complices.
Mais le moment fatal est enfin arrivé
Où, malgré sa fureur, en son sang abreuvé,
Des dégâts qu'il a faits il va payer l'usure.
Hélas! qu'il vendra cher sa mortelle blessure!
    Un matin que l'Aurore au teint frais et riant

s s

À peine avoit ouvert les portes d'orient,
La jeunesse voisine autour du bois s'assemble :
Jamais tant de héros ne s'étoient vus ensemble.
Anténor le premier sort des bras du sommeil,
Et vient au rendez-vous attendre le soleil;
La déesse des bois n'est point si matinale :
Cent fois il a surpris l'amante de Céphale;
Et sa plaintive épouse a maudit mille fois
Les veneurs et les chiens, le gibier et les bois.
Il est bientôt suivi du satrape Alcamene,
Dont le long attirail couvre toute la plaine.
C'est en vain que ses gens se sont chargés de rets;
Leur nombre est assez grand pour ceindre les forêts.
On y voit arriver Bronte au cœur indomtable,
Et le vieillard Capys, chasseur infatigable,
Qui, depuis son jeune âge ayant aimé les bois,
Rend et chiens et veneurs attentifs à sa voix.
Si le jeune Adonis l'eût aussi voulu croire,
Il n'auroit pas sitôt traversé l'onde noire.
Comment l'auroit-il cru, puisqu'en vain ses amours
L'avoient sollicité d'avoir soin de ses jours?
Par le beau Callion la troupe est augmentée.
Gilipe vient après, fils du riche Acantée.
Le premier, pour tous biens, n'a que les dons du corps;
L'autre, pour tous appas, possede des trésors.

Tous deux aiment Chloris, et Chloris n'aime qu'elle :
Ils sont pourtant parés des faveurs de la belle.
Phlegre accourt, et Mimas, Palmire aux blonds cheveux,
Le robuste Crantor aux bras durs et nerveux,
Le Lycien Télame, Agénor de Carie,
Le vaillant Triptoleme honneur de la Syrie,
Paphe expert à lutter, Mopse à lancer le dard,
Lycaste, Palémon, Glauque, Hilus, Amilcar;
Cent autres que je tais, troupe épaisse et confuse :
Mais peut-on oublier la charmante Aréthuse,
Aréthuse au teint vif, aux yeux doux et perçants,
Qui pour le blond Palmire a des feux innocents?
On ne l'instruisit point à marier la laine ;
Courir dans les forêts, suivre un cerf dans la plaine,
Ce sont tous ses plaisirs : heureuse si son cœur
Eût pu se garantir d'amour comme de peur !
On la voit arriver sur un cheval superbe
Dont à peine les pas sont imprimés sur l'herbe;
D'une charge si belle il semble glorieux :
Et, comme elle, Adonis attire tous les yeux :
D'une fatale ardeur déja son front s'allume;
Il marche avec un air plus fier que de coutume.
Tel Apollon marchoit, quand l'énorme Python
L'obligea de quitter l'ombre de l'Hélicon.
Par l'ordre de Capys la troupe se partage.

De tant de gens épars le nombreux équipage,
Leurs cris, l'aboi des chiens, les cors mêlés de voix,
Annoncent l'épouvante aux hôtes de ces bois :
Le ciel en retentit, les échos se confondent,
De leurs palais voûtés tous ensemble ils répondent.
Les cerfs au moindre bruit à se sauver si prompts,
Les timides troupeaux des daims aux larges fronts,
Sont contraints de quitter leurs demeures secretes :
Le bois n'a plus pour eux d'assez sombres retraites.
On court dans les sentiers, on traverse les forts ;
Chacun, pour les percer, redouble ses efforts.
    Au fond du bois croupit une eau dormante et sale :
Là, le monstre se plait aux vapeurs qu'elle exhale ;
Il s'y vautre sans cesse, et chérit un séjour
Jusqu'alors ignoré des mortels et du jour.
On ne l'en peut chasser ; du souci de sa vie
Bien plus à sa valeur qu'à sa fuite il se fie.
Les cors ont beau sonner, l'air a beau retentir ;
Rien ne sauroit encor l'obliger à partir.
Cependant les destins hâtent sa derniere heure.
Dryope la premiere évente sa demeure :
Les autres chiens, par elle aussitôt avertis,
Répondent à sa voix, frappent l'air de leurs cris,
Entrainent les chasseurs, abandonnent leur quéte ;
Toute la meute accourt, et vient lancer la bête,

S'anime en la voyant, redouble son ardeur :
Mais le fier animal n'a point encor de peur.
Le coursier d'Adonis, né sur les bords du Xanthe,
Ne peut plus retenir son ardeur violente :
Une jument d'Ida l'engendra d'un des vents ;
Les forêts l'ont nourri pendant ses premiers ans.
Il ne craint point des monts les puissantes barrieres,
Ni l'aspect étonnant des profondes rivieres,
Ni le penchant affreux des rocs et des vallons ;
D'haleine en le suivant manquent les aquilons.
Adonis le retient pour mieux suivre la chasse.
Enfin le monstre est joint par deux chiens dont la race
Vient du vite Lélaps, qui fut l'unique prix
Des larmes dont Céphale appaisa sa Procris :
Ces deux chiens sont Mélampe et l'ardente Sylvage.
Leur sort fut différent, mais non pas leur courage :
Par l'homicide dent Mélampe est mis à mort ;
Sylvage au poil de tigre attendoit même sort,
Lorsque l'un des chasseurs se présente à la bête.
Sur lui tourne aussitôt l'effort de la tempête :
Il connoît, mais trop tard, qu'il s'est trop avancé ;
Son visage pâlit, son sang devient glacé ;
L'image du trépas en ses yeux est empreinte ;
Sur le teint des mourants la mort n'est pas mieux peinte.
Sa peur est pourtant vaine, et, sans être blessé,

Du monstre qui le heurte il se sent terrassé.

Nisus, ayant cherché son salut sur un arbre,

Rit de voir ce chasseur plus froid que n'est un marbre :

Mais lui-même a sujet de trembler à son tour.

Le sanglier coupe l'arbre ; et les lieux d'alentour

Résonnent du fracas dont sa chûte est suivie :

Nisus encore en l'air fait des vœux pour sa vie.

Conterai-je en détail tant de puissants efforts,

Des chiens et des chasseurs les différentes morts,

Leurs exploits avec eux cachés sous l'ombre noire?

Seules vous les savez, ô filles de Mémoire :

Venez donc m'inspirer; et, conduisant ma voix,

Faites-moi dignement célébrer ces exploits.

Deux lices d'Anténor, Lycoris et Niphale,

Veulent qu'aux yeux de tous leur ardeur se signale.

Le vieux Capys lui-même eut soin de les dresser :

Au sanglier l'une et l'autre est prête à se lancer.

Un mâtin les devance et se jette en leur place;

C'est Phlégon, qui souvent aux loups donne la chasse.

Armé d'un fort collier qu'on a semé de clous,

À l'oreille du monstre il s'attache en courroux :

Mais il sent aussitôt le redoutable ivoire;

Ses flancs sont décousus, et, pour comble de gloire,

Il combat en mourant, et ne veut point lâcher

L'endroit où sur le monstre il vient de s'attacher.

Cependant le sanglier passe à d'autres trophées :
Combien voit-on sous lui de trames étouffées !
Combien en coupe-t-il ! Que d'hommes terrassés !
Que de chiens abattus, mourants, morts et blessés !
Chevaux, arbres, chasseurs, tout éprouve sa rage.
Tel passe un tourbillon messager de l'orage ;
Telle descend la foudre, et d un soudain fracas
Brise, brûle, détruit, met les rochers à bas.
Crantor d'un bras nerveux lance un dard à la bête :
Elle en frémit de rage, écume, et tourne tête,
Et son poil hérissé semble de toutes parts
Présenter au chasseur une forêt de dards.
Il n'en a point pourtant le cœur touché de crainte.
Par deux fois du sanglier il évite l'atteinte ;
Deux fois le monstre passe, et ne brise en passant
Que l'épieu dont Crantor se couvre en cet instant.
Il revient au chasseur : la fuite est inutile ;
Crantor aux environs n'apperçoit point d'asyle :
En vain du coup fatal il veut se détourner ;
Ne pouvant que mourir, il meurt sans s'étonner.
Pour punir son vainqueur toute la troupe approche ;
L'un lui présente un dard, l'autre un trait lui décoche :
Le fer, ou se rebouche, ou ne fait qu'entamer
Sa peau que d'un poil dur le ciel voulut armer.
Il se lance aux épieux, il prévient leur atteinte ;

Plus le péril est grand, moins il montre de crainte.
C'est ainsi qu'un guerrier pressé de toutes parts
Ne songe qu'à périr au milieu des hasards :
De soldats entassés son bras jonche la terre ;
Il semble qu'en lui seul se termine la guerre :
Certain de succomber, il fait pourtant effort,
Non pour ne point mourir, mais pour venger sa mort.
Tel et plus valeureux le monstre se présente.
Plus le nombre s'accroît, plus sa fureur s'augmente :
L'un a les flancs ouverts, l'autre les reins rompus ;
Il mâche et foule aux pieds ceux qui sont abattus.
La troupe des chasseurs en devient moins hardie :
L'ardeur qu'ils témoignoient est bientôt refroidie.
Palmire toutefois s'avance malgré tous :
Ce n'est pas du sanglier que son cœur craint les coups,
Aréthuse lui fut jadis plus redoutable ;
Jadis sourde à ses vœux, mais alors favorable,
Elle voit son amant poussé d'un beau desir,
Et le voit avec crainte autant qu'avec plaisir.
Quoi ! mes bras, lui dit-il, sont conduits par les vôtres,
Et vous me verriez fuir aussi bien que les autres !
Non, non ; pour redouter le monstre et son effort,
Vos yeux m'ont trop appris à mépriser la mort.
Il dit, et ce fut tout : l'effet suit la parole ;
Il ne va pas au monstre, il y court, il y vole,

Tourne de tous côtés, esquive en l'approchant,
Hausse le bras vengeur, et d'un glaive tranchant
S'efforce de punir le monstre de ses crimes.
Sa dent alloit d'un coup s'immoler deux victimes :
L'une eût senti le mal que l'autre en eût reçu,
Si son cruel espoir n'eût point été déçu.
Entre Palmire et lui l'Amazone se lance :
Palmire craint pour elle, et court à sa défense.
Le sanglier ne sait plus sur qui d'eux se venger;
Toutefois à Palmire il porte un coup léger;
Léger pour le héros, profond pour son amante.
On l'emporte; elle suit inquiète et tremblante.
Le coup est sans danger; cependant les esprits,
En foule avec le sang de leurs prisons sortis,
Laissent faire à Palmire un effort inutile.
Il devient aussitôt pâle, froid, immobile;
Sa raison n'agit plus, son œil se sent voiler :
Heureux s'il pouvoit voir les pleurs qu'il fait couler!
La moitié des chasseurs, à le plaindre employée,
Suit la triste Aréthuse en ses larmes noyée.

Non loin de cet endroit un ruisseau fait son cours;
Adonis s'y repose après mille détours.
Les Nymphes, de qui l'œil voit les choses futures,
L'avoient fait égarer en des routes obscures.
Le son des cors se perd par un charme inconnu;

t t

C'est en vain que leur bruit à ses sens est venu.
Ne sachant où porter sa course vagabonde,
Il s'arrête en passant au crystal de cette onde.
Mais les Nymphes ont beau s'opposer aux destins,
Contre un ordre fatal tous leurs charmes sont vains.
Adonis en ce lieu voit apporter Palmire;
Ce spectacle l'émeut, et redouble son ire :
À tarder plus long-temps on ne peut l'obliger;
Il regarde la gloire, et non pas le danger.
Il part, se fait guider, rencontre le carnage.
Cependant le sanglier s'étoit fait un passage;
Et, courant vers son fort, il se lançoit par fois
Aux chiens qui dans le ciel poussoient de vains abois.
On ne l'ose approcher; tous les traits qu'on lui lance,
Étant poussés de loin, perdent leur violence.
Le héros seul s'avance, et craint peu son courroux :
Mais Capys l'arrêtant, s'écrie : Où courez-vous?
Quelle bouillante ardeur au péril vous engage?
Il est besoin de ruse, et non pas de courage.
N'avancez pas, fuyez; il vient à vous, ô Dieux !
Adonis, sans répondre, au ciel leve les yeux.
Déesse, ce dit-il, qu'adore ma pensée,
Si je cours au péril, n'en sois point offensée;
Guide plutôt mon bras, redouble son effort;
Fais que ce trait lancé donne au monstre la mort.

À ces mots dans les airs le trait se fait entendre ;
À l'endroit où le monstre a la peau le plus tendre
Il en reçoit le coup, se sent ouvrir les flancs,
De rage et de douleur frémit, grince les dents,
Rappelle sa fureur, et court à la vengeance.
Plein d'ardeur et léger, Adonis le devance.
On craint pour le héros ; mais il sait éviter
Les coups qu'à cet abord la dent lui veut porter.
Tout ce que peut l'adresse étant jointe au courage,
Ce que pour se venger tente l'aveugle rage,
Se fit lors remarquer par les chasseurs épars.
Tous ensemble au sanglier voudroient lancer leurs dards ;
Mais peut-être Adonis en recevroit l'atteinte.
Du cruel animal ayant chassé la crainte,
En foule ils courent tous droit aux fiers assaillants.
Courez, courez, chasseurs un peu trop tard vaillants ;
Détournez de vos noms un éternel reproche ;
Vos efforts sont trop lents, déja le coup approche.
Que n'en ai-je oublié les funestes moments !
Pourquoi n'ont pas péri ces tristes monuments ?
Faut-il qu'à nos neveux j'en raconte l'histoire ?
Enfin de ces forêts l'ornement et la gloire,
Le plus beau des mortels, l'amour de tous les yeux,
Par le vouloir du sort ensanglante ces lieux.
Le cruel animal s'enferre dans ses armes,

Et d'un coup aussitôt il détruit mille charmes.
Ses derniers attentats ne sont pas impunis ;
Il sent son cœur percé de l'épieu d'Adonis,
Et, lui poussant au flanc sa défense cruelle,
Meurt, et porte en mourant une atteinte mortelle.
D'un sang impur et noir il purge l'univers.
Ses yeux d'un somme dur sont pressés et couverts ;
Il demeure plongé dans la nuit la plus noire ;
Et le vainqueur à peine a connu sa victoire,
Joui de la vengeance et goûté ses transports,
Qu'il sent un froid démon s'emparer de son corps.
De ses yeux si brillants la lumiere est éteinte ;
On ne voit plus l'éclat dont sa bouche étoit peinte,
On n'en voit que les traits ; et l'aveugle trépas
Parcourt tous les endroits où régnoient tant d'appas.
Ainsi l'honneur des prés, les fleurs, présent de Flore,
Filles du blond Soleil et des pleurs de l'Aurore,
Si la faux les atteint, perdent en un moment
De leurs vives couleurs le plus rare ornement.
La troupe des chasseurs, au héros accourue,
Par des cris redoublés lui fait ouvrir la vue :
Il cherche encore un coup la lumiere des cieux ;
Il pousse un long soupir, il referme les yeux ;
Et le dernier moment qui retient sa belle ame
S'emploie au souvenir de l'objet qui l'enflamme.

On fait pour l'arrêter des efforts superflus ;
Elle s'envole aux airs, le corps ne la sent plus.
Prêtez-moi des soupirs, ô vents, qui sur vos ailes
Portâtes à Vénus de si tristes nouvelles.
Elle accourt ausssitôt, et, voyant son amant,
Remplit les environs d'un vain gémissement.
Telle sur un ormeau se plaint la tourterelle,
Quand l'adroit giboyeur a, d'une main cruelle,
Fait mourir à ses yeux l'objet de ses amours ;
Elle passe à gémir et les nuits et les jours,
De moment en moment renouvelant sa plainte,
Sans que d'aucun remords la Parque soit atteinte.
Tout ce bruit, quoique juste, au vent est répandu ;
L'enfer ne lui rend point le bien qu'elle a perdu :
On ne le peut fléchir ; les cris dont il est cause
Ne font point qu'à nos vœux il rende quelque chose.
Vénus l'implore en vain par de tristes accents ;
Son désespoir éclate en regrets impuissants ;
Ses cheveux sont épars, ses yeux noyés de larmes ;
Sous d'humides torrents ils resserrent leurs charmes :
Comme on voit au printemps les beautés du soleil
Cacher sous des vapeurs leur éclat sans pareil.
Après mille sanglots enfin elle s'écrie :
Mon amour n'a donc pu te faire aimer la vie !
Tu me quittes, cruel ! Au moins ouvre les yeux ;

Montre-toi plus sensible à mes tristes adieux;
Vois de quelles douleurs ton amante est atteinte.
Hélas! j'ai beau crier, il est sourd à ma plainte:
Une éternelle nuit l'oblige à me quitter;
Mes pleurs ni mes soupirs ne peuvent l'arrêter.
Encor si je pouvois le suivre en ces lieux sombres!
Que ne m'est-il permis d'errer parmi les ombres!
Destins, si vous vouliez le voir sitôt périr,
Falloit-il m'obliger à ne jamais mourir?
Malheureuse Vénus, que te servent ces larmes?
Vante-toi maintenant du pouvoir de tes charmes:
Ils n'ont pu du trépas exempter tes amours;
Tu vois qu'ils n'ont pu même en prolonger les jours.
Je ne demandois pas que la Parque cruelle
Prît à filer leur trame une peine éternelle;
Bien loin que mon pouvoir l'empêchât de finir,
Je demande un moment, et ne puis l'obtenir.
Noires divinités du ténébreux empire,
Dont le pouvoir s'étend sur tout ce qui respire,
Rois des peuples légers, souffrez que mon amant
De son triste départ me console un moment.
Vous ne le perdrez point; le trésor que je pleure
Ornera tôt ou tard votre sombre demeure.
Quoi! vous me refusez un présent si léger!
Cruels, souvenez-vous qu'Amour m'en peut venger.

Et vous, antres cachés, favorables retraites,
Où nos cœurs ont goûté des douceurs si secretes,
Grottes, qui tant de fois avez vu mon amant
Me raconter des yeux son fidele tourment,
Lieux amis du repos, demeures solitaires,
Qui d'un trésor si rare étiez dépositaires,
Déserts, rendez-le moi : deviez-vous avec lui
Nourrir chez vous le monstre auteur de mon ennui?
Vous ne répondez point. Adieu donc, ô belle ame;
Emporte chez les morts ce baiser tout de flamme :
Je ne te verrai plus; adieu, cher Adonis.
Ainsi Vénus cessa. Les rochers, à ses cris
Quittant leur dureté, répandirent des larmes :
Zéphyre en soupira : le jour voila ses charmes ;
D'un pas précipité sous les eaux il s'enfuit,
Et laissa dans ces lieux une profonde nuit.

   F I N.

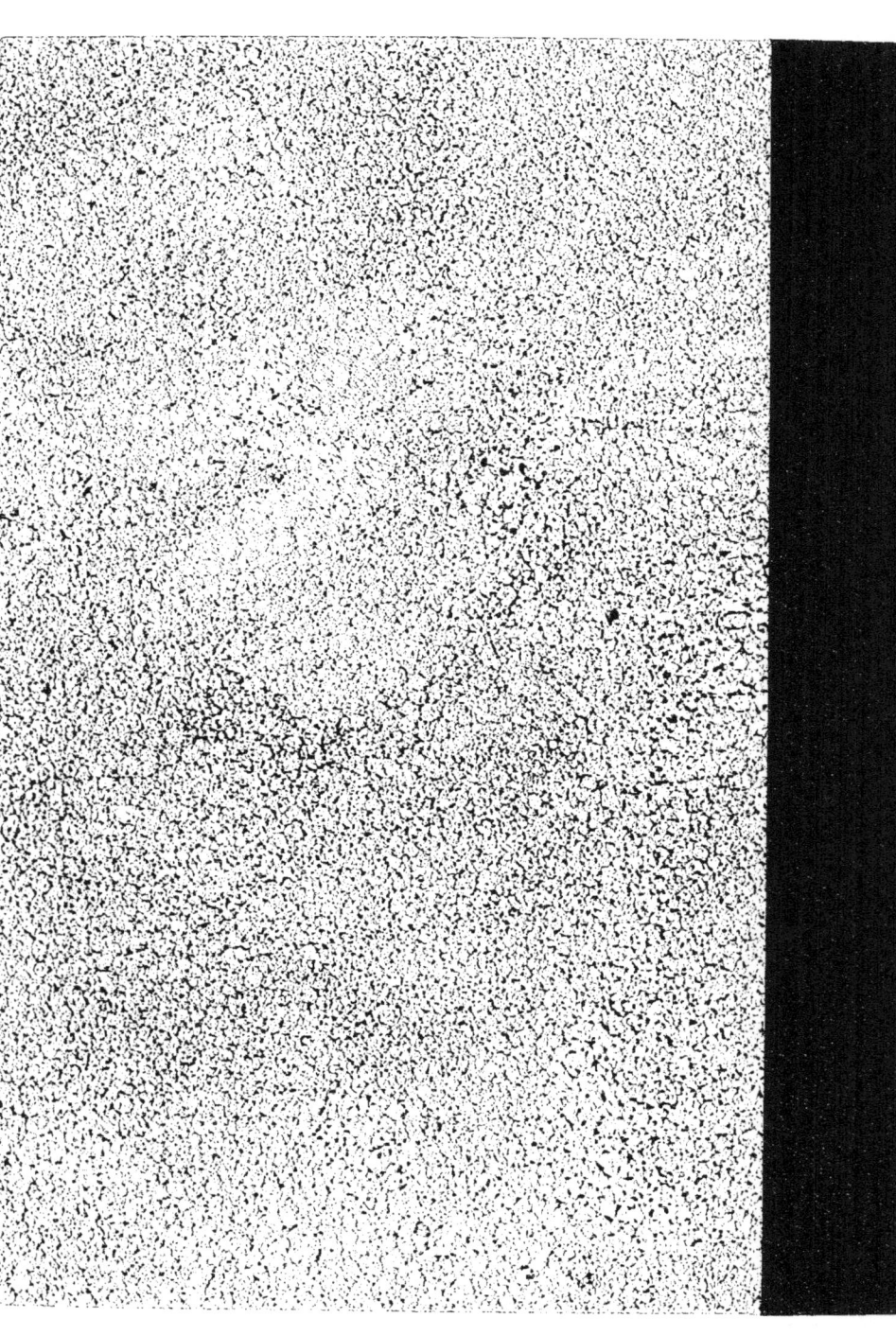

INV. RÉSERVE
Y² 166
J. DE LA FONTAINE
LES AMOURS
DE PSYCHÉ
ET
DE CUPIDON

www.ingramcontent.com/pod-product-compliance
Lightning Source LLC
Chambersburg PA
CBHW050312030726
47505CB00003B/670